秘剣の名医

【十五】

蘭方検死医 沢村伊織

永井義男

コスミック・時代文庫

この作品はコスミック文庫のために書下ろされました。

◇ 仕立屋
『今様職人尽百人一首』（複製）、国会図書館蔵

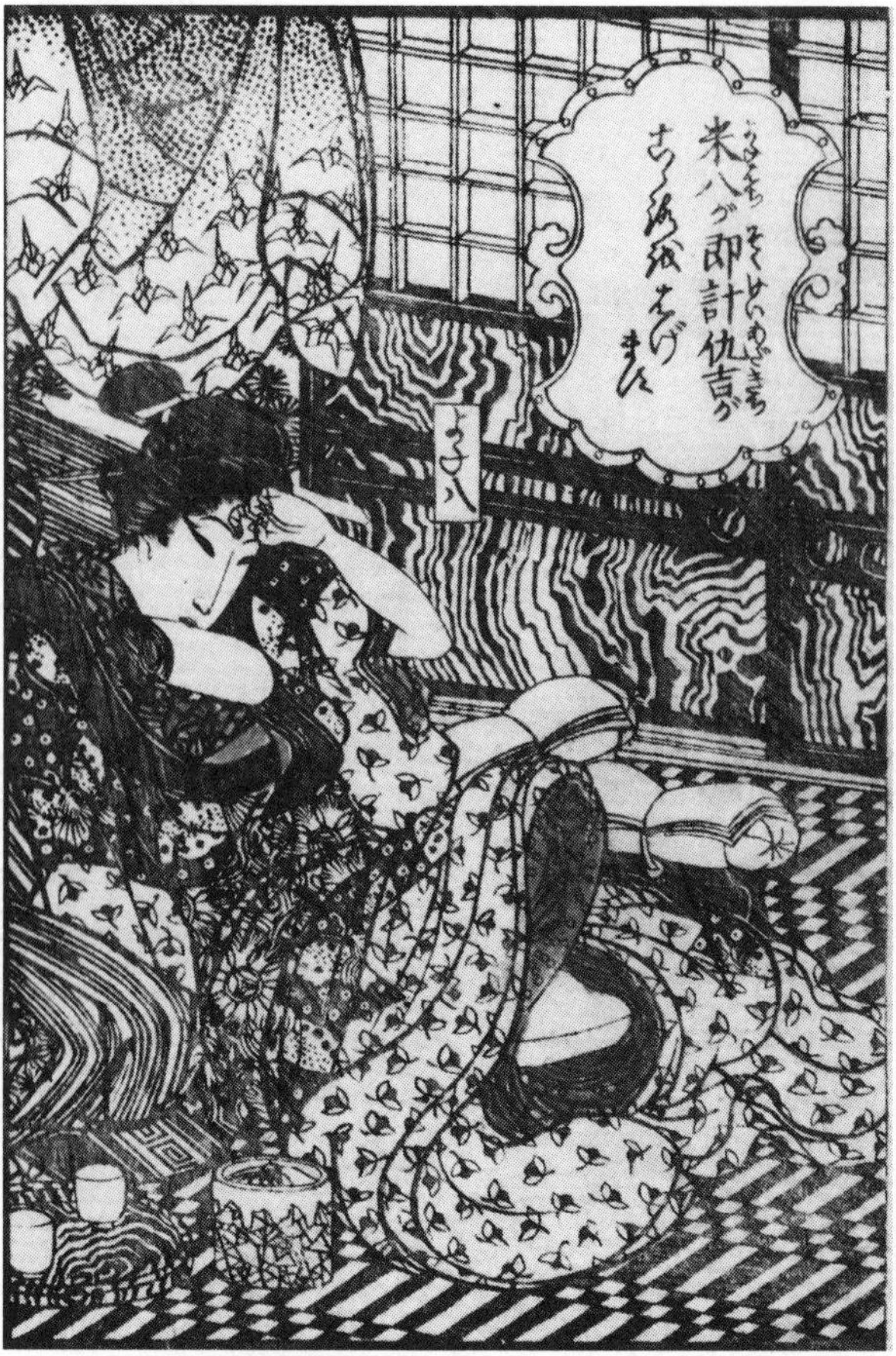

◇ 中宿の密会

『春色辰巳園』（為永春水著、天保六年）、国会図書館蔵

丹次郎

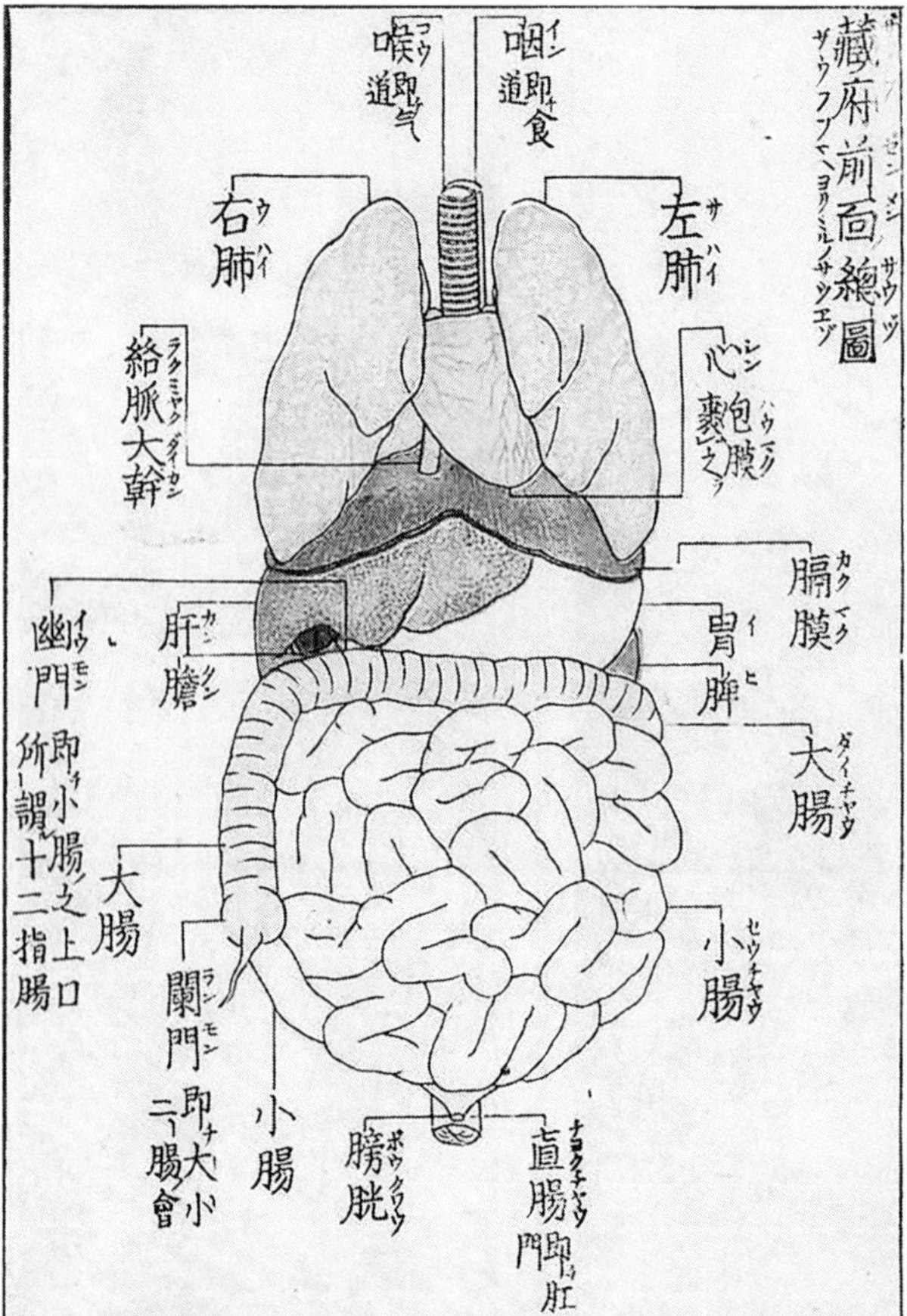

◇ **内臓（背後、前面）**

『解体発蒙』（三谷公器著、文化十年）、滋賀医科大学図書館蔵

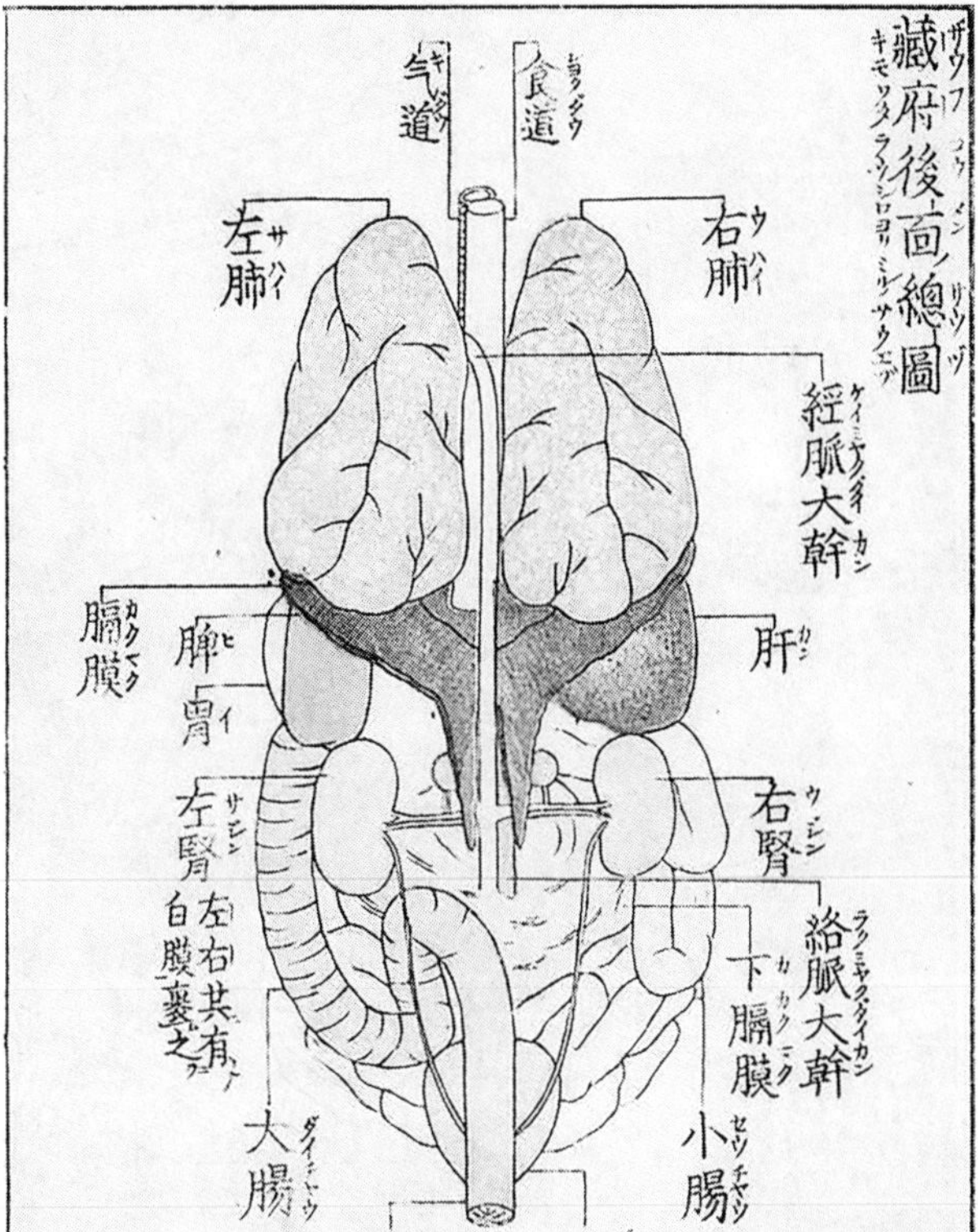

藏府後面ノ總圖《ザウフコウメンソウヅ》
キモツタラウシロヨリミルサウエヅ
食道《シヨクダウ》
气道《キダウ》
右肺《ウハイ》
左肺《サハイ》
經脈大幹《ケイミヤクダイカン》
膈膜《カクマク》
脾《ヒ》
肝《カン》
胃《イ》
右腎《ウジン》
左腎《サジン》
左右共有白膜裹之
絡脈大幹《ラクミヤクダイカン》
下膈膜《カカクマク》
大腸《ダイチヤウ》
小腸《セウチヤウ》
肛門《コウモン》
膀胱《ボウクワウ》

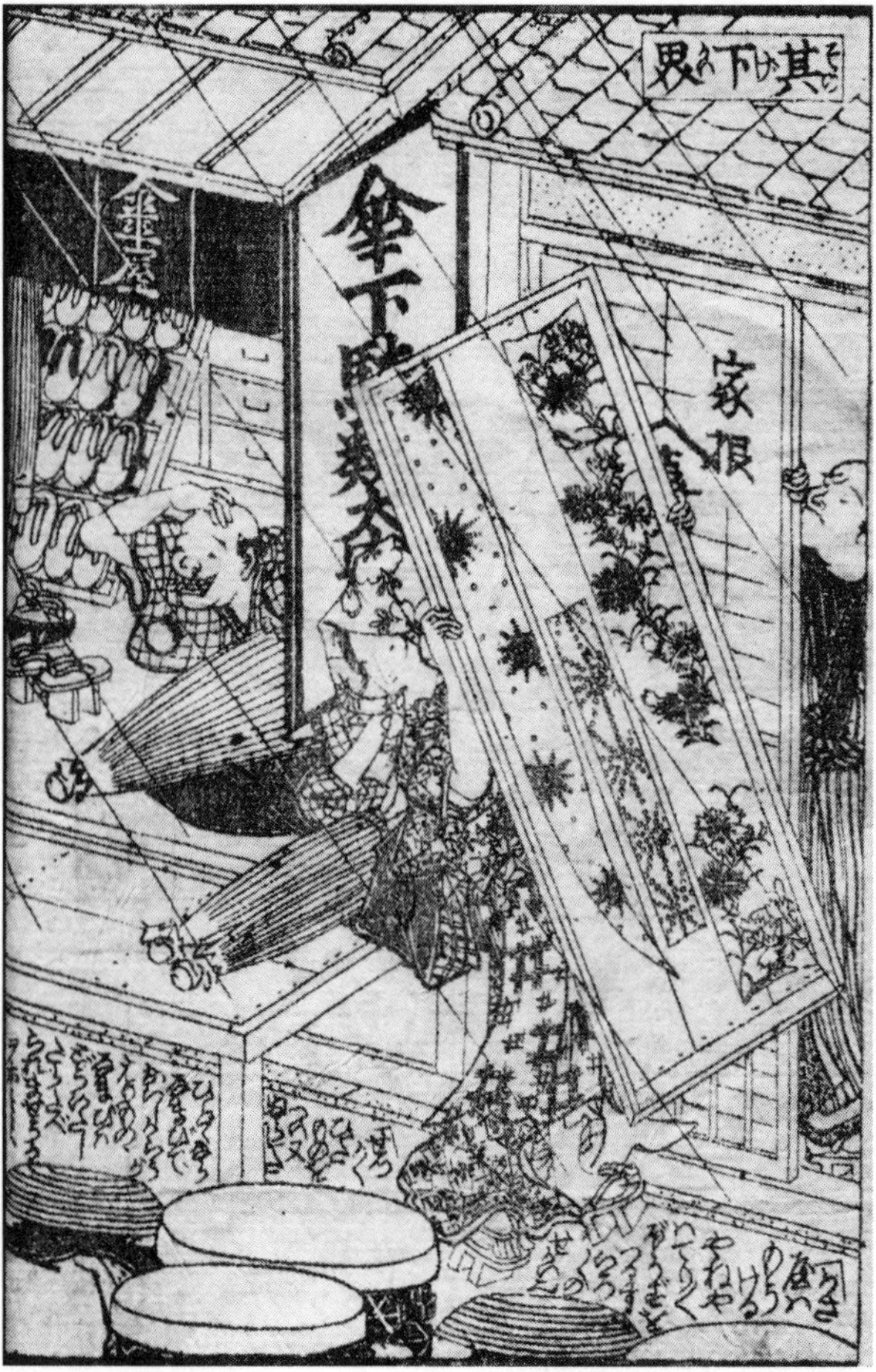

◇ 傘下駄屋

『福徳天長大国柱』（万亭応賀著、弘化二年）、国会図書館蔵

壽

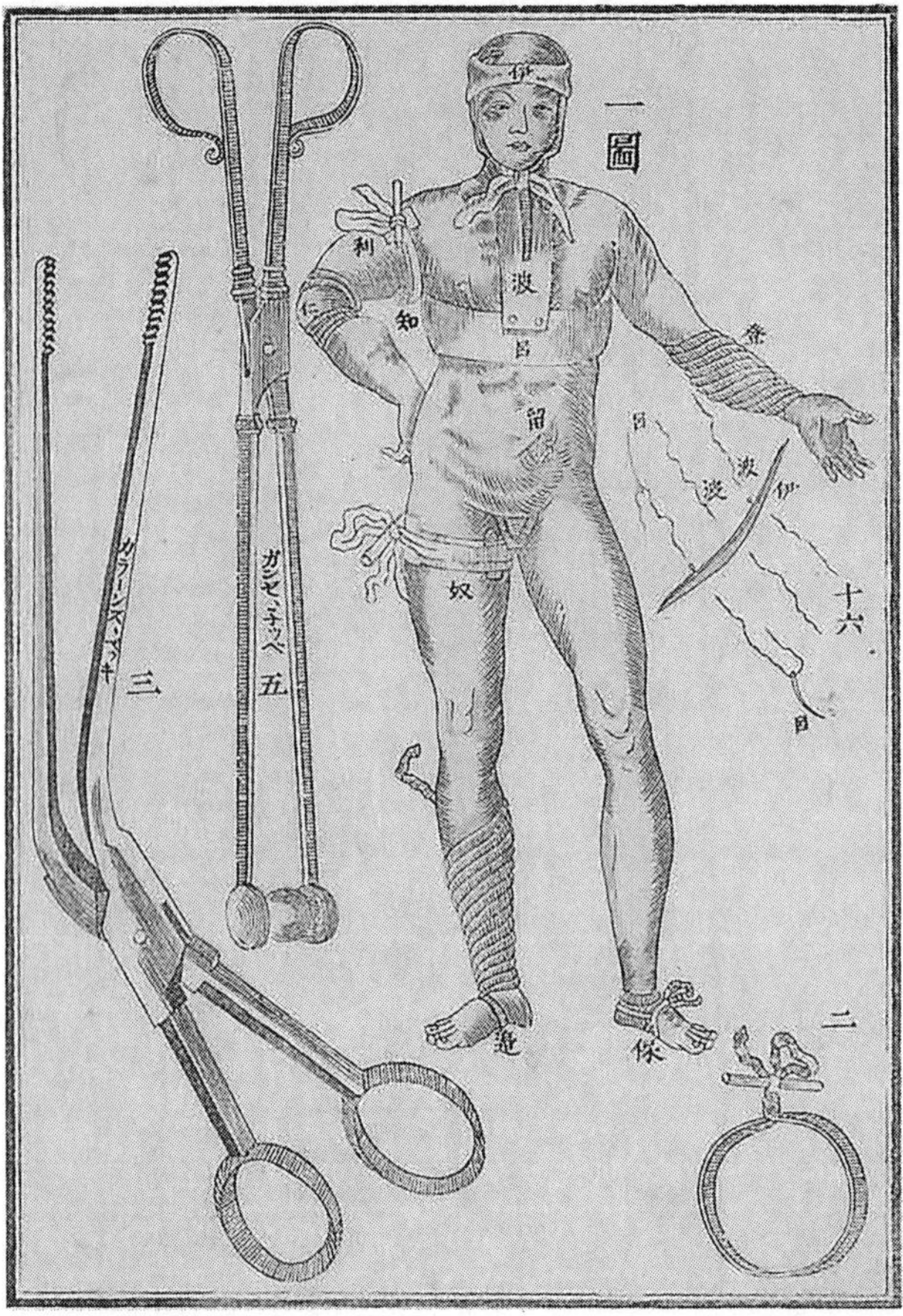

◇ 縫合器具
『瘍科精選図解』（越邑徳基著、文政三年）、滋賀医科大学図書館蔵

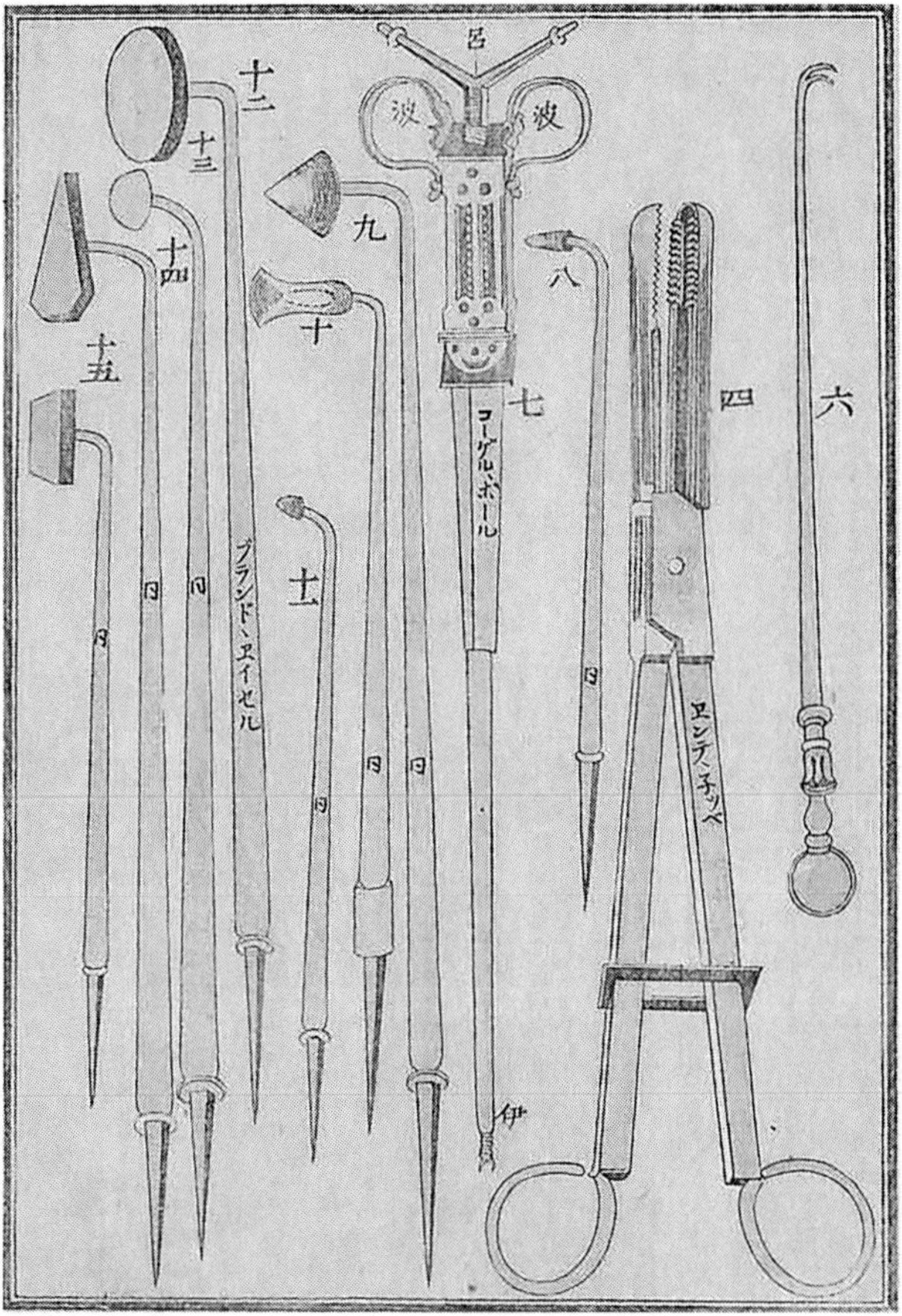

呂
波
波
十二
十三
十四
十五
九
十
八
七
四
六
十一
コーゲル、ボール
ブランド、ヱイセル
ヱンデ、チッベ
伊

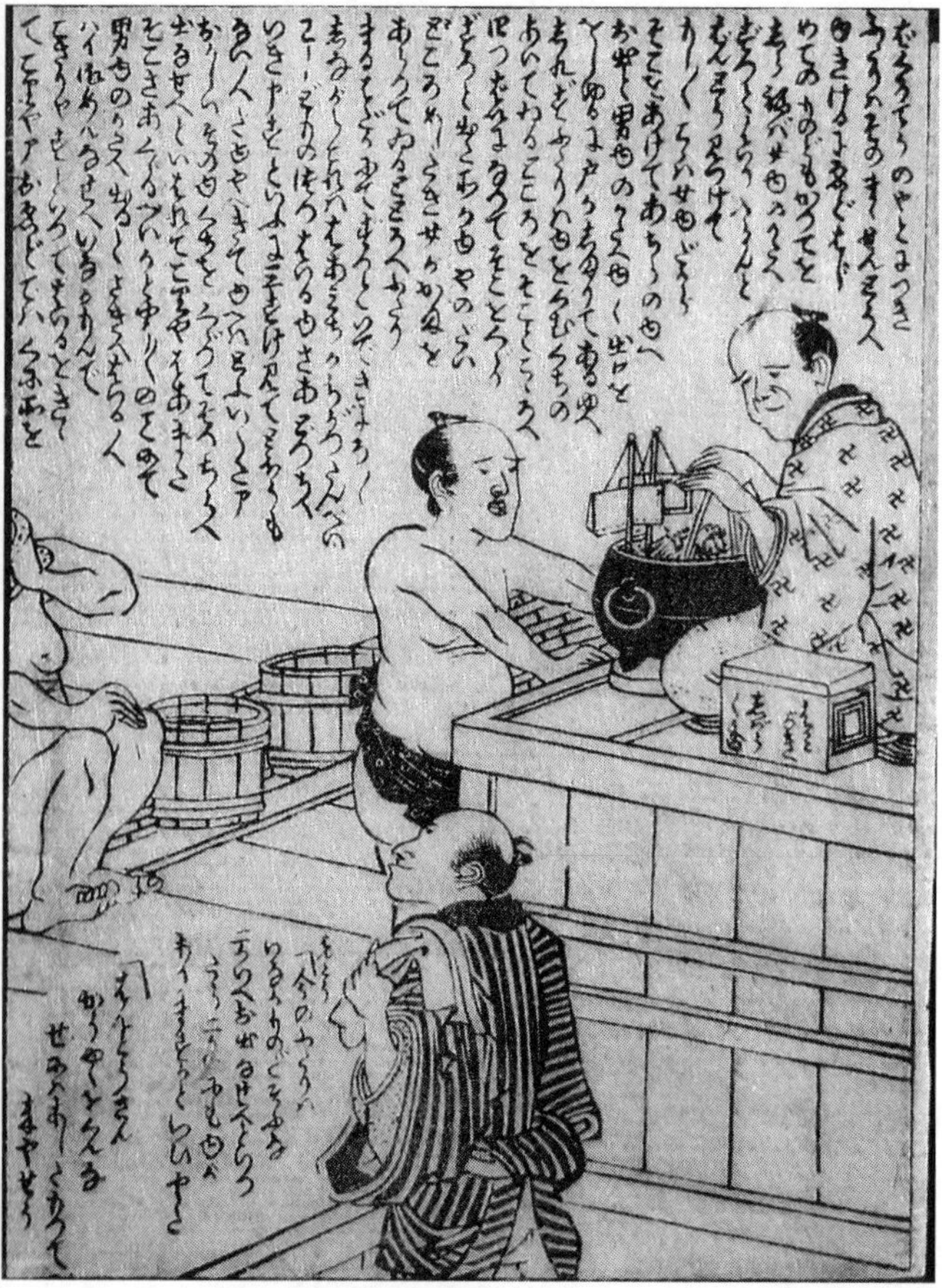

◇ 湯屋の番台と洗い場
『金草鞋』（十返舎一九著、文化十年）、台東区立図書館蔵

目次

第一章　割腹……17
第二章　中宿……95
第三章　八丁堀……156
第四章　鎌倉河岸……193

第一章　割　腹

一

路地で、男の声がする。

「沢村《さわむら》伊織《いおり》というお医者の診療所はどこでしょうか」

たまたま出くわした長屋の住人に尋ねているのであろうが、その声は息がはずんでいた。

「ありがとうございます」

礼を述べるのが聞こえたかと思うや、若い男が土間に飛びこんできた。

「先生はいらっしゃいますか」

荒い息をしながら言った。

顔面蒼白《そうはく》である。目がつりあがり、異様な形相になっていた。

須田町《すだちょう》にあるモヘ長屋の一室である。

沢村伊織は長屋の持ち主から部屋を提供され、一の日（一日、十一日、二十一日）の四ツ（午前十時頃）から八ツ（午後二時頃）まで、住人を対象にした無料診療所を開いていたのだ。

さきほど、伊織が到着するのを待ちかねたように、長屋に住む春更《しゅんこう》が現れた。患者がやってくる前に、伊織と話がしたいようだった。

ところが、春更が口を開くより先に、男が飛びこんできたのである。春更としては、鳶《とんび》に油揚《あぶらあげ》をさらわれた気分かもしれない。

男は土間に立ったまま、肩で息をしていた。

着物の裾《すそ》を尻《しり》っ端折《ぱしょ》りし、両手に下駄をさげている。裸足《はだし》になって、懸命に走ってきたのであろう。

「どちらから、まいられましたか」

上《あ》がり框《かまち》に座った春更が気を取り直したのか、重々しい口調で尋ねた。

まるで、受付を務める弟子のようである。春更が伊織の弟子を自称しているのはたしかだったが。

「へい、内田屋《うちだや》の者でございます」

「内田屋といいますと、表通りに店をかまえた仕立屋《したてや》でしたかな」

春更は長屋に住んでいるだけに、近所の商家についてはくわしい。

男は焦《じ》れたように言った。

「お弟子さん、そんなことより、早く先生に取り次いでくださいな」

「あいにくですが、この診療所はモヘ長屋の住人用でしてね」

春更が気の毒そうに答えた。

男ががっくりと土間に膝をつき、上がり框に両手をついた。

「お願いしますよ。漢方の先生ではとても無理でしてね。蘭方《らんぽう》の先生にお願いするしかないものですから」

伊織は部屋の奥に座っているとはいえ、入口のやりとりはもちろんすべて聞こえていた。

男の必死の様子を見て、声をかける。

「私が沢村伊織だが、どういうことか。ちゃんと説明しなさい。緊急を要するようであれば、長屋の住人でなくとも、往診はするぞ。医者として見捨てては置けぬからな」

「へい、ありがとうございます。あわてていたもので、ご無礼いたしました。あたしは仕立屋・内田屋の奉公人で、藤吉《とうきち》と申します」

やや落ち着きを取り戻したのか、しゃがみこんでいた土間に立ちあがった。

小腰を折りながら、説明する。

「やはり、あたくしどもの奉公人で、佐助《さすけ》という男が腹を切りましてね」

「えっ、腹を切った。ということは、切腹をしたのですか」

春更が素《す》っ頓狂《とんきょう》な声をあげた。

その目は好奇心に輝いている。上がり框で座り直し、期待に満ちた表情で藤吉を見つめていた。

春更は筆耕《ひっこう》で生計を立てながら、戯作《げさく》を書いている。もちろん、目標は売れっ子の戯作者である。だが、まだ芽が出るまでにはいっていない。

戯作の奇抜《きばつ》な題材を探す目的もあって、伊織の弟子になったのである。伊織が町奉行所の委託を受け、検屍をしているのも魅力のようだった。

そのあたりの事情は伊織も察していたが、春更の憎めない人柄にほだされ、弟子として受け入れていたのだ。春更と話をするのは楽しいこともあった。

だが、やはりピシリと釘を刺さねばならないときもある。いまが、まさにそのときであろう。

「おい、まず佐助どのの容態を聞くべきだぞ。興味が先走ってはいかん」

「はい、申しわけありません」

春更がしゅんとなった。

伊織が問いかける。

「傷の具合はどうなのか」

「布地を裁断する仕立用の包丁で、臍《へそ》の下あたりを横一文字に掻《か》っ捌《さば》きましてね。はらわたが体内から外に飛びだしております。血まみれのはらわたが、むにょむにょと動いていましてね」

「ほ、本当に、せ、切腹ですか」

春更の顔から血の気が引いた。

かすかに肩が動いたのは、吐き気をこらえているのであろう。さきほどの旺盛な好奇心はもうどこにもない。

いっぽう、伊織は表情を変えずに、静かに問う。

「佐助どのは意識はあるのか」

「へい、悶え苦しみながら、

『ひと思いに、殺してくれ』

と、うめいております。

みな、どうしてよいかわからず、とにかく、

『早く医者を呼べ』

ということでしてね。最初は内田屋に出入りの医者を呼ぼうとしたのですが、ある人が言いまして。

『漢方医には無理だぜ。沢村伊織という蘭方の名医が、モヘ長屋で一の日に診療所を開いているそうだ。さいわい、今日は一の日だぞ』

そんなわけで、あたしが、お願いにまいったのです」

伊織は佐助の状態を聞き、

(とても助かるまいな。なまじ治療をすれば、苦しみを長引かせることになるかもしれぬ)

と、ひそかに思った。

だが、とても口にはできない。医者としては往診を求められれば、やはり出向いて最善を尽くすべきであろう。

「そうでしたか。では、これから行きましょう。場所は内田屋ですな」

「へい、さようです。では、ご案内しますので」

伊織はちょっと考えたあと、道案内は春更にさせればよいと思った。

肝心なのは、外科手術に必要な蘭引《らんびき》が手元にないことだ。蘭引は、焼酎を熱して蒸留し、消毒用のアルコールを作る器具である。

だが、佐助の傷の様子を聞くかぎり、湯島天神門前の伊織の家まで蘭引を取りに戻る余裕はない。また、たとえ蘭引が手元にあったとしても、焼酎の蒸留に手間をかけてはいられまい。

そもそも、これから駆けつけても、すでに手遅れの可能性が高かった。

(よし、蘭引はなしでやろう。焼酎さえあれば、どうにかなる)

伊織はとっさに判断した。

「いや、そなたは先に帰ってくれ。内田屋の場所はわかる。

それより、私が行くまでに用意しておいてほしい物がある」

「へい、なんでしょうか」

「まず、焼酎。なければ、すぐに酒屋で買ってきなさい。

次に、湯と水。それぞれきれいな盥《たらい》に入れておくこと。

それに、まだ使っていない、新しい晒木綿《さらしもめん》だ。

すぐに用意できるか」

「へい、かしこまりました。では、あたしは、ひと足先に戻ります」

藤吉は土間から路地に飛びだすや、裸足のまま走りだした。

伊織は、下女のお松《まつ》をちらと見た。

モヘ長屋の持ち主は、酒・油問屋と両替商を営む加賀屋《かがや》である。お松は加賀屋の下女だが、一の日は雑用係として伊織の診療所に派遣されていたのだ。

(お松に供《とも》をさせようか)

伊織は一瞬、お松に薬箱を持たせようかと迷った。

手術には助手が必要である。

だが、不器用で臆病な春更は、助手としてはまったく役に立たなかった。むしろ、お松の方が役に立つかもしれない。

「先生、わたしが薬箱を持ってお供をしますから。内田屋の場所は知っております」

春更がきっぱりと言った。

顔はやや強張《こわば》っているが、もう立ちあがる体勢になっていた。裂けた腹部から内臓がはみだした光景を、ぜひ目撃したいのであろう。これを見逃してはならないという気分かもしれない。

その熱心さを前にしては、伊織としても春更を差し置いて、お松に供をさせるわけにはいかなかった

「うむ、そうか、では頼むぞ」

伊織は春更の供を認めた。

続いて、お松に言う。

「診察や治療を求める人が来たら、近所に大怪我をした人がいて、往診に行ったと伝えてくれ。おそらく、昼過ぎには戻れると思う」

「へい、かしこまりました」

お松がぺこりと頭をさげた。

台所のへっついの前で火吹竹を持ち、昼食の飯を炊いている最中だった。

さきほど行商人から買った豆腐が、台所に置いてある。例によって、八杯豆腐《はちはいどうふ》を作るつもりであろうか。

八杯豆腐は、薄く切った豆腐を、水四杯、醤油二杯、酒二杯の割合に混ぜた汁で煮た料理である。

伊織はひそかに、お松は総菜としては八杯豆腐しか作れないのではなかろうかと疑っていたが、もちろん言葉にしたことはない。

二

薬箱をさげた春更を従え、沢村伊織はモヘ長屋の路地から、須田町の表通りに出た。

漢方医は頭を丸め、腰に脇差を差しているのが普通だが、蘭方医の伊織は剃髪《ていはつ》せず、総髪にしていた。

黒羽織で、袴《はかま》は付けず、足元は白足袋に草履《ぞうり》だった。脇差も帯びず、孟宗竹《もうそうちく》でできた杖を手にしている。

「先生、内田屋は右です」

背後から春更が言った。

伊織は軽くうなずく。

しばらく歩くと、すぐに気づいた。

（ああ、あそこだな）

一軒の店の前に、多くの人が詰めかけていた。すでに近所で評判になっているようだ。

天秤棒で前後に荷をかついだ棒手振《ぼてふり》の行商人まで足を止めて、人垣の後ろから、背伸びをするようにしてのぞきこんでいる。

店の前まで行くと、

（ああ、ここだったか。そういえば、職人が着物を仕立てているのを見かけたな）

と、伊織も仕立屋の光景を思いだした。

通りに面して、八畳ほどの部屋があり、作業用の細長い机が数脚、置かれていた。職人たちが机の上の布地を裁断したり、縫ったりしていたものだ。

婚礼用などの特別な着物は別として、女物の普段着は女が自分で縫うのが普通である。縫い物に自信がない女の場合は、裁縫の得意な母親や女中などが引き受けた。

そのため、仕立屋は女物の着物とは、ほとんど無縁である。

仕立屋が引き受けるのは男物、しかも高級で格式のある着物が多かった。

「ちょいと、通してください。医者の沢村伊織でございます」

春更が露払《つゆはら》いをする。

店先に立っていた野次馬の壁が割れ、通り道を作った。

さきほどの藤吉が飛びだしてきて、店先に膝《ひざ》をついた。

「先生、ありがとうございます。どうぞ、おあがりください」

「頼んだものは用意できておるか」

「へい、すべて、ととのえております」

伊織はうなずきながら、履物を脱いで店にあがる。

薬箱を持った春更が続いた。

数脚の細長い机は、すべて部屋の片隅に寄せられていた。机の上には、仕立途中らしい裃《かみしも》があった。武家からの注文だろうか。

部屋の中ほどに大きな衝立《ついたて》が置かれていた。

衝立を背に、羽織姿の男が座っている。年齢は四十前くらいであろうか。いかにも陰鬱《いんうつ》な表情をしていたが、それでも丁重《ていちょう》に頭をさげた。

「内田屋の主《あるじ》の真兵衛《しんべえ》でございます」

伊織は簡単に挨拶しただけで、

「怪我人はどこですか」

と、すぐに尋ねた。

同時に、衝立の裏側で断続的にうめき声がするのに気づいた。

「こちらでございます」

藤吉が案内したのは、まさに衝立の裏側だった。

仰向けに寝かされた佐助の腹部から腸が飛びだし、畳の上に垂れていた。

伊織は傷の惨状も驚いたが、佐助が寝かされている場所にも驚いた。

なんと、通りに面した仕事場ではないか。わずかに衝立を立てるだけで、通りに集まった野次馬の視線をさえぎっているのだ。

(なんという杜撰《ずさん》さ。なぜ、奥の部屋に運ばないのか)

伊織は怒りを覚えた。

だが、いまは、そんな疑問にかかずらわっている場合ではない。

「さっそく診《み》ましょう。水を」

伊織はそばに座ると、厳しい声で言った。

すばやく襷《たすき》をかけて袖をまくりあげると、藤吉が差しだす盥の水で手を洗う。

目で見たかぎり、はみだした腸に目立った傷はない。

伊織は腹部の傷口から右手の指を中に突っこみ、内部を確かめる。

「うッ」

そばで春更が低くうめいた。

目の前で演じられている光景に、衝撃を受けたようだ。

真兵衛も藤吉も言葉を失い、身体を硬直させていた。

おそらく、まわりの人間もみな、顔は真っ青になっているであろう。

伊織はかまうことなく、指先で慎重に内部を探る。指先に動脈が触れた。指を弾《はじ》かんばかりの勢いがある。

(うん、動脈に損傷はない。まだ希望はある)

自分に言い聞かせ、腹内から指を引き抜いた。

伊織は手を洗ったあと、春更に言った。

「虫眼鏡と鑷子《せっし》をくれ」

ところが、春更は放心状態である。

伊織が声を荒らげた。

「おい、虫眼鏡と鑷子だ」

「は、はい」

我に返った春更が、持参した薬箱から虫眼鏡と、鑷子と呼ばれるピンセットを取りだし、伊織に渡す。だが、その手は小刻みに震えていた。

伊織は受け取った虫眼鏡で、飛びだした腸を注意深く診ていく。

(ほう、やはり腸には目立った傷はないな)

刃物で腹を切り裂き、腸が飛びだしたにしては、不思議といえよう。奇跡と言ってもよいかもしれない。

いっぽう、腸の表面に細かなゴミが付着していた。

伊織が鑷子でそっとつまみ取り、虫眼鏡で見ると、まぎれもなく泥や砂粒だった。なぜ、泥や砂粒が腸に付着しているのか。

「佐助どのは、どこで腹を切ったのですか。また、腹を切ったときの状況はどうだったのですか」

伊織は真兵衛と藤吉を等分に見て質問した。

ふたりはしばし譲《ゆず》りあっていたが、やむをえぬといった格好で、真兵衛が説明する。

「あたしは奥の部屋にいたのですが、突然、佐助が大声でなにやら叫びましてね。そのときは、あたしも佐助とはわからなかったのですが。

それで、いったい何事かと、あたしはこの部屋に急いでやってきたのです。

すると、佐助が仁王立ちになり、着物をはだけて腹をむきだしにして、仕立用の包丁を突き立てようとするところでした。

部屋にいた者が口々に、

『おい、やめろ』

と止めたのですがね。

もちろん、あたしも、

『おい、佐助、なにをするつもりだ』

と制止しようとしました。

ところが、佐助はみなが止めるのも聞かず、包丁で腹を掻き切ったのです。血がどっとあふれましてね。

続いて、佐助は包丁を喉にあてました。喉を掻き切るつもりだったようです。ところが、そこで力尽きたのでしょうか、

『ウウウ』

と、うめきながら、よろよろとよろけて、部屋から表の通りに転げ落ちたのです。

仕事中は明かり採りのため、表戸はすべて取り外していますから。

通りを歩いていた人が見て、きゃーと叫ぶやら、大騒ぎになりましてね。

あたしどもで、あわてて佐助を部屋に運びあげました。通りの人から見えないよう衝立で隠しておいて、先生を呼びに走った次第《しだい》です」

「通りに落ちたのですか」

伊織はこれで、腸に泥が付着しているわけがわかった。

また、通りに面した部屋に佐助が横たえられていた理由もわかった。

とりあえず地面から抱えあげ、寝かせたのである。衝立で隠したのは精一杯の配慮と言えよう。

「佐助どのが使った包丁はどこにありますか。見せてください」

「へい、これでございます」

藤吉が仕立用の包丁を渡す。

伊織は手に取って見て、刃先が尖っておらず、丸まっているのに気づいた。

（なるほど、それで内臓が無傷だったのだな）

脇差や短刀、出刃包丁などの切っ先が尖った刃物を腹部に突き立て、それから横に引いて腹を切れば、当然ながら内臓を傷つける。そうなると、治療は難しい。佐助は苦しみながら、一両日のうちに死んだであろう。

ところが、刃先が丸いため、突き立てずに、横に切り裂くだけだった。

もちろん、腸が飛びだすほどの傷である。だが、刃は皮膚と肉を切り裂いただけで、内臓までは届かなかったのだ。

（うむ、内臓は傷ついていない。助かるかもしれぬな。よっし）

伊織のうちに力がみなぎる。

どうにかして助けようと思った。

そのためには、腸の汚れを除去しなければならない。

汚れが付着したまま内臓をもとに戻して縫合手術をすれば、腹膜炎《ふくまくえん》を起こす。

いったん腹膜炎を発症すれば、もう手の施しようがない。佐助は激痛に悶え苦しみながら死ぬことになろう。

（う〜ん、蘭引が手元にないなかで、どうするか）

伊織は瞬時、迷った。

とっさに思いつき、藤吉に言った。

「穂先のやわらかい刷毛《はけ》を用意してくれぬか。まだ使っていない、新しい物がよい」

「へい、かしこまりました。近所に刷毛を売っている店がありますから、すぐに買ってまいります」

藤吉が飛びだしていった。

＊

春更に命じて薬箱から針と糸を出させ、伊織が縫合の準備をしていると、息せき切って藤吉が刷毛を買って戻ってきた。

「先生、これでよろしいですか」

「うむ、ご苦労だった」

伊織は盥の湯のなかに焼酎をそそぎ、人肌くらいの温度に調節した。即席の消毒液である。

さらに、女中に用意させた大皿に、はみだした腸を乗せた。

そばで、真兵衛が、

「えっ」

と、驚いている。

女中は大皿を、内田屋の台所から持参したのであろう。

真兵衛は内心、もうこの大皿は使えないと衝撃を受けているのかもしれない。

もしかしたら、大切にしていた、由緒のある皿かもしれなかった。

そんな事情には委細《いさい》かまわず、伊織が言った。

「これから汚れを取り去り、きれいにします」

伊織は虫眼鏡で泥や砂粒、埃などを確認しながら、混合液にひたした刷毛で腸の表面の汚れを洗い流すようにして、丁寧に取りのぞいていった。

まわりで注視している者たちが、伊織の丁寧さに、やきもきしているのはひしひしと感じられた。

なにせ佐助の腹は割れ、内臓がはみだしているのだ。伊織のやっていることは、いかにも悠長《ゆうちょう》に見えるかもしれない。

だが、性急さは禁物だった。

ここは時間をかけても、きちんと清潔にするのが大事である。動脈が切れていないのはさきほど、確認していた。出血死の心配はない。

「よし、これでよかろう」

伊織はフーッと大きく息を吐いた。

そばで、春更も大きく息を吐いている。

実際に洗浄作業をしていた伊織よりも、そばで見守っていた春更のほうが、緊張していたのかもしれない。

（さあ、いよいよだ。きっと、うまくいく）

伊織は頭のなかに、人体解剖図を思い浮かべる。

漢方医の家に生まれた伊織は、幼いころから漢方医になるための英才教育を受けた。

だが、蘭方医術へ興味を抱き、蘭学者で医者でもある大槻玄沢《おおつきげんたく》が主宰する芝蘭《しらん》堂《どう》に入門し、蘭学を学んだ。

その後、長崎に遊学し、医師のシーボルトが主宰する鳴滝塾《なるたきじゅく》で最新の蘭方医術を学んだのである。

芝蘭堂や鳴滝塾で見て記憶している人体解剖図にのっとり、伊織は飛びだした腸をもとの位置におさめていった。

「よし、きちんとおさまった」

あとは、針と糸で、開いた傷口を縫いあわせていく。

傷の長さは八寸（約二十四センチ）ほどもあった。

二十一針で、ようやく縫合が終わった。これほど大きな縫合をしたのは、伊織も初めてである。

続いて、晒木綿で腹部に包帯をしていく。

晒木綿を腹部に巻くにあたっては、春更と藤吉が左右から佐助の腰を持ちあげねばならなかった。

包帯を巻き終え、伊織はフーッと大きな息を吐いた。

「やれることはすべて、やりました。茶を一杯、いただきたいのですが」

気を張りつめていたこともあって、喉はカラカラだった。


女中が持参した茶を、伊織が飲み終える。旱《ひでり》でかわいた土に慈雨《じう》が染みこむような気がした。

真兵衛がややためらいがちに言った。

「助かりますか」

「なんとも言えません。八分二分で助かるのではないか、というのが私の希望をこめた診立てです」

なんといっても、伊織の危惧は腹膜炎だった。

可能なかぎりの消毒はしたと言っても、蘭引がないため簡略な方法だった。万全とはいえまい。回復は祈るしかなかった。

「先生、ここは仕事場です。佐助をこのままここに置いておくわけにはいかぬので、移したいのですが、よろしいでしょうか」

「佐助どのの寝床はどこですか」

「佐助は住み込みですので、二階の部屋で寝起きしておりました」

「いまの状態では、二階に運びあげるのは無理でしょうな。無理な体勢になると、縫った糸で支えきれず、縫合した傷が開く恐れがあります」

「そうですか。では、やむをえないですな。

一階の奥は、あたしども家族の部屋になっております。その一室を空けますので、そこに佐助を運び、しばらくのあいだ寝かせます」

「うむ、それがよいでしょうな。

佐助どのが水が飲みたいと言えば、ぬるま湯を与えてください。腹が減ったと言えば、薄い粥《かゆ》は与えてかまいますまい。まずは、体力を回復させるのが大事でしてね。

それと、飲み薬を処方しますが、長屋の診療所には薬種がないので、調合ができません。湯島天神門前の家に戻ってから、急いで処方します。

今日の暮六ツ（午後六時頃）までにはできましょう。そのころ、人を受け取りに寄こしてください」

「はい、では、あたしどもの丁稚《でっち》小僧を使いに立てます」

伊織は伝えるべき注意事項がほかにないか考えたあと、ちらと佐助に目をやった。

目をつぶり、軽く鼾《いびき》をかいている。佐助は眠っているようだ。

「ところで、佐助どのはなぜ、このような形で自害をはかったのでしょうか」

その伊織の問いで、室内の空気が一瞬で冷えたようになった。

真兵衛や藤吉のほか、数人が詰めかけているのだが、みな黙って下を向いている。

沈黙を続けるわけにはいかないと思ったのか、真兵衛が口を開いた。

「よくわからないというのが本当のところでして。いわゆる乱心《らんしん》ではないかと思うのですがね。

誰か、思いあたることがある者はいるか」

真兵衛が奉公人を見まわす。

藤吉はじめ、みなは無表情のまま黙っていた。

やむをえないという表情で、真兵衛が続ける。

「じつは、佐助はこのところ、奇矯《ききょう》な言動をすることが多かったので、あたしはちょっと変だなと感じていたのです。それとなく見ていて、このままいけば、お客に不快を与えかねないなと思いましてね。そこで今朝、佐助を部屋に呼んで、

『しばらく親元で静養してきてはどうか』

と伝えたのです。

あたしは高飛車《たかびしゃ》に、

『暇を出す』

などと言った覚えはありません。あたしとしては、元気になれば戻ってきてほしいと思っていましたしね。

佐助も神妙に、

『わかりました。元気になったら、またご奉公させてください』

と言っていたくらいです。

その後しばらくして、佐助は腹を切ったわけです。そのとき、わけのわからないことを叫んでいたようですが。

まるで、あたしの言葉が引金になったようで、あたしとしてもつらいのですがね」

「そうでしたか。ところで、佐助どのの親元はどこですか」

「渋谷村の百姓です。渋谷村は上、中、下に分かれているようですが、くわしいことは、あたしも知りません。

佐助があたしどもに奉公に来たのは、十一歳のときでしたかね。奉公をはじめてしばらくして、あたしは佐助が手先が器用なのに気づきましてね。仕立の職人として大成《たいせい》すると感じました。

あたしが思ったとおり、佐助はいまでは内田屋で筆頭《ひっとう》の仕立職人です。ゆくゆくは、暖簾《のれんわ》分けしてもよいと考えていたほどなのですがね。

まさか、こんなことになるとは」

真兵衛がつらそうに締めくくった。

話を聞きながら、伊織は釈然としなかった。藤吉ら朋輩が沈黙を守っているのも気になる。

だが、伊織は医者であり、町奉行所の役人ではない。これ以上の追及はできなかった。

「では、私はひとまず引きあげますぞ。容態が急変したら、知らせてください」

「はい、お礼は後日、うかがいますので」

真兵衛が頭をさげ、藤吉らもそれにならう。

伊織は春更とともに内田屋を出た。

モヘ長屋の診療所に戻ると、数人の患者が伊織を待っているのを見て、春更もさすがに遠慮したようだ。薬箱を置くや、

「では、先生、のちほど」

と言い、帰っていった。

三

沢村伊織が湯島天神門前の自宅に戻ると、とくに待っている患者はいなかった。一の日は不在なことは近所ではかなり知られているので、診察・治療を求めてくる人も心得ているようだ。

伊織は妻のお繁《しげ》に、

「薬の調合をする」

と言い、すぐに二階にあがった。

二階の部屋に薬簞笥を置き、薬種をこまかくする薬研《やげん》などの器具も備えていたのだ。

伊織は佐助のために、「人参湯《にんじんとう》」の処方を考えていた。手術としては完了し、あとは体力を回復させることが大事である。

人参湯は胃腸全般の調子をよくする薬といってよい。また、手術後の低下した体力を回復する効果もある。

伊織は生薬の薬用人参、白朮《びゃくじゅつ》、甘草《かんぞう》、乾姜《かんきょう》を配合して、人参湯を作った。

そろそろ日が暮れようかというころ、

「須田町の内田屋からまいりました」

と、丁稚小僧が薬を受け取りにきた。

「おう、できておるぞ」

伊織が紙に包んだ人参湯を渡し、煎じ方や飲ませ方を説明する。

丁稚が土間で一礼し、

「ありがとう存じました」

と帰ろうとするのを、お繁が上がり框まで出ていき、呼び止めた。

「小僧さん、ちょいと」

「へい、なんでしょう」

「お使いのお駄賃だよ」

いくばくかの銭を懐紙に包んでひねった物を、お繁が袂《たもと》に入れてやった。

丁稚は顔をほころばせ、

「ご新造《しんぞ》さま、ありがとうございます」

と、もう一度、深々と頭をさげる。

伊織は見ていて、妻の気配りに感心した。

お繁は、湯島天神の参道にある仕出料理屋の娘である。商家に育っただけに、丁稚などの奉公人に対する気遣いはこまやかだった。

伊織も、使いにきた奉公人に、それなりの駄賃を渡す習慣は知らないわけではなかったが、つい忘れてしまうのだ。

今回も、お繁がいなかったら、丁稚を手ぶらで帰すことになっていたろう。

その後、伊織は夕食を済ませたあと、湯屋に行った。さすがに疲れを覚えたため、湯に浸かりたかったのだ。

湯屋から家に戻ると、春更がいた。

「例えて言えば、大黒《だいこく》さまが肩にかついだ袋が破れ、打出《うちで》の小槌《こづち》が落ちてしまった。急いで打出の小槌を拾って、破れた穴から中に戻し、そのあと破れた穴を針と糸で縫った、と言いましょうか」

＊

春更が熱弁を振るっていた。

お繁が向かいあって座り、傾聴《けいちょう》している。台所にいる下女のお熊《くま》も耳を傾《かたむ》けているようだ。

伊織が内田屋でおこなった佐助の手術を語っているのだが、あれほど衝撃を受け、ほとんど身体を凍りつかせていた春更が、いまは想像力豊かに、滑稽味《こっけいみ》まで加えて描写している。

実体験では不器用で臆病でも、いったん目撃したことを頭のなかで整理し、再現すると、生き生きとした戯作の描写に変化するのだろうか。

（ふうむ、戯作者はそんなものなのか）

伊織は妙に感心した。

春更が伊織に気づき、快活に言った。

「おや、先生、お帰りなさい。

ご新造さんに、先生の妙技を説明していたところですがね」

「いや、妙技とやらができたのも、助手のそなたの助けがあったからこそだぞ」

つい、伊織もからかう口調になる。

春更がおおげさに降参の仕草《しぐさ》をした。

「先生、皮肉は勘弁してくださいよ」

お繁が噴きだした。

あわてて袖《そで》で口を押えている。

伊織も、妻の前で春更に面目《めんぼく》を失わせたのにちょっと気が咎《とが》め、

「いや、皮肉ではない。たんなる冗談だがな」

と、付け加えた。

お繁はすでに春更の手先の不器用さを知っていた。夫が戻ってきたのを潮に、笑いをこらえ、座を立って台所に行く。

伊織が座り、口調をあらためて言った。

「ところで、なにか急ぎの用事なのか」

のですから。

「いえ、急ぎというほどでもないのですが、モヘ長屋では話す機会がなかったも
となると、次の一の日まで待たなければなりませんからね。それはさすがに、あいだが空きすぎです。では、いっそ今日中にと思いまして、思いきってやってきた次第です」

「なるほど、モヘ長屋では話をする暇《ひま》はなかったからな。そなたが、なにか話がありそうなのはわかっていたのだが」

「じつは、数日前、通油町《とおりあぶらちょう》で本屋をのぞいてまわっていたら、突然、

『おい、鎌三郎《かまさぶろう》ではないか、ひさしぶりじゃ。どうしておる』

と、声をかけられましてね。

見ると、北町奉行所の与力だった、柳沢霜枝《やなぎさわそうし》という人でした。

死んだ父と霜枝さんは碁敵《ごがたき》で、交互におたがいの屋敷で碁を打っていました。

それで、わたしも霜枝さんと顔を合わせていたのです。

『そなたは戯作者になったと聞いたぞ。わしは戯作が好きでな、けっこう読んでおる。そなたの筆名はなんじゃ。もしかしたら読んでおるかもしれんぞ』

通りで、大きな声で問われましてね。

さすがに、わたしも閉口しました。『穴があれば入りたい』とは、このことです」

「ふうむ、それは大変だったな」

伊織は相槌《あいづち》を打ちながら、春更の話がどこに向かおうとしているのか、まったく見当がつかなかった。

そもそも春更は、本名は佐藤《さとう》鎌三郎といい、北町奉行所の与力の三男坊だった。父親が死んで、長男が家督を継いだため、八丁堀にある佐藤家の屋敷を出て、須田町のモヘ長屋で独り暮らしをはじめたのだ。

春更は戯作者としての号《ごう》である。ちょっとしたきっかけから、伊織の押しかけ弟子となった。

「まあ、通油町の表通りで立ち話をするわけにもいかないので、近くの葦簀《よしず》掛《が》けの水茶屋に入り、床几《しょうぎ》に座って話をしたのですがね。

霜枝さんと呼んでいますが、霜枝というのは、もちろん、隠居後の号です。本名は『柳沢なんとかざえもん』でしょうが、わたしもよく覚えていません。それで、霜枝さんで通します。

わたしが号の由来を尋ねると、蘇軾《そしょく》（東坡《とうば》）の詩の一節、

菊残猶有傲霜枝　　菊は残《おとろ》えて　猶《な》お霜《しも》に傲《おご》るの枝有り

が典拠と答えるではありませんか。

冬が近づき、菊の花も咲き衰《おとろ》えたが、まだ霜にめげぬ一枝がある、と言う意味

ですがね。

わたしは、嬉しくなりましたよ。わたしの号の由来も、蘇軾の詩の一節、

人言悲秋春更悲　　人は秋を悲しと言うも　春は更に悲し

ですからね。

ともに号の由来が蘇軾の詩なのがわかり、歳の差はあれ、すっかり意気投合したと言いましょうか」

「なるほどな」

相槌を打ちながら、伊織は自分にはない感性だなと思った。

幼いころから漢方医学の英才教育を受けたため、伊織も漢文には習熟していた。

だが、読んだのは医書がほとんどであり、漢詩にはあまり関心がなかった。

そんな伊織の困惑には頓着《とんちゃく》なく、春更が話を続ける。

「おたがい近況などを語りあっているうち、わたしが蘭方医の弟子になっていることや、蘭方医が町奉行所の同心の要請を受けて検屍をするときに供をしていることや、こみいった事件の謎解きの手伝いをしていることなどを、まあ、ちょいと誇張《こちょう》してしゃべったのです」

伊織は話を聞きながら、「ちょいと誇張」ではあるまいと思った。

春更は、伊織を蘭方医術を駆使して検屍をおこない、次々と謎を解明している新進気鋭の蘭方医だと述べたのであろう。

そして、自分は伊織の謎の解明に協力している有能な弟子だと、おもしろおかしく、あるいは血沸き肉躍《にくおど》るように語ったに違いない。

まさに誇張である。

だが、伊織はここは黙って先をうながした。

春更が話を続ける。

「すると、霜枝さんが並々ならぬ興味を示しましてね。もっとくわしく教えてくれというものですから、わたしは先生が謎解きをしたいくつかの事件の話をしたのです。もちろん、差し障《さわ》りのないように、人名や屋号はぼかしましたが。

聞き終えると、霜枝さんは天を仰ぎ、

『うーん、今日、そなたに出会ったのは天の導きかもしれぬな』

と、しみじみと述べるのです」

「そなたの話は前置きが長いし、ちと芝居がかっておるな」

伊織が苦笑混じりに苦言を呈《てい》する。

春更がその場で座り直した。

「先生、これからが、いよいよ本題です。

霜枝さんは与力のころ、自分がかかわった事件について、詳細に日記に記していたのです。事件のなかには未解決のままと言いますか、うやむやになって、けっきょく謎のままになったものが少なくないそうでしてね。

隠居したあとになって、ふと思いだすことがあるそうです。あらためて日記を読み返しながら、

『あの事件は果たして、あの決着でよかったのだろうか』

と、忸怩《じくじ》たる思いになることがあるそうでしてね。

霜枝さんは、できれば調べ直したいな、真相が知りたいな、と感じていたそう

です。そんなおりに、わたしが先生の話をしたわけです。

霜枝さんは乗り気になり、

『おい、春更、その蘭方医に引きあわせてくれぬか。わしが疑問に思っていることを質《ただ》してみたいのじゃ。もしかしたら謎が解けるかもしれぬ。疑問が疑問のままでは、死んでも死にきれぬ気分でな』

ということなのですよ。

どうでしょうか、先生、霜枝さんにお会いになり、疑問に答えてやっていただけませんか」

「疑問を持つ人に対し、私で答えられることであれば答えてやりたいとは思う。しかし、過去の事件だぞ。あらためて調べ直し、いまになって冤罪《えんざい》だとわかっても、もう取り返しはつかぬ。また、真の下手人はほかにいるとわかっても、もうどうすることもできまいよ。

過去をほじくるのは、かえってつらい思いをするだけになりかねんぞ」

「そのあたりは、霜枝さんも充分わかっているようです。しかも、すでに隠居ですからね。いまさら、過去の事件をとやかくするつもりはないようです。あくまで、自分の長年の疑問を蘭方医にぶつけ、もやもやを晴らしたいということなのです」

「まあ、謎が残っているということであれば、私も解いてみたい気はあるがな」

伊織の言葉を聞き、春更が破顔一笑《はがんいっしょう》した。

まさに、言質《げんち》を取った気分なのかもしれない。「謎解き」というと伊織が興味を示すのを知っているため、春更はここぞとばかり力説する。

「そうですよ、先生、謎解きに力を貸してやってください」

「ふうむ、しかし、いつ、どこでやるのか」

「一の日、モヘ長屋で、診療所が終わる八ツ（午後二時頃）過ぎからではどうでしょう」

「うむ、しかし、一の日は毎回というのは無理だぞ」

「一の日は一か月に三回ありますから、そのうちの一回にしましょう。つまり、一か月に一度、集まるわけです。

三人が集まって疑問を検証するわけですから、『検疑会《けんぎかい》』と名づけてはどうでしょうか」

伊織はいささか、はしゃぎすぎではないかと言う気がした。

また、この検疑会とやらを通じて、春更が戯作の題材を得ようとしているに違いないと察した。

だが、伊織はとくに名称に反対する理由もないため、あっさり同意する。

「うむ、検疑会か。悪くはないな」

「では、さっそく霜枝さんに伝えます。きっと、大喜びするはずですよ」

春更が帰り支度をはじめる。

お繁が気づいて言った。

「おや、春更さん、提灯《ちょうちん》がありませんね。お貸ししましょうか」

「それはありがたいです」

「お熊、春更さんに提灯を用意してあげな」

お繁が下女に声をかけた。

四

朝食は炊きたての飯、塩引の鮭《さけ》、青菜の味噌汁、それに沢庵《たくあん》だった。塩鮭は診療の謝礼として、患者からもらったものである。

沢村伊織が食べ終えた膳を、下女のお熊が台所に運んでいき、患者を迎える準備に取りかかろうとしたときだった。

「沢村伊織先生はこちらと、うかがったのですが」

入口の敷居のところから声をかけてきた者がいる。

見ると三日前、モヘ長屋の診療所に、血相変えて往診を求めてきた男だった。

「ああ、そなたは……」

「へい、内田屋の藤吉でございます」

「そうだったな。佐助どのの具合はどうか」

縫合手術をした佐助の事後は、伊織も気になっていた。

先日とは一転して、藤吉は土間に立ったまま、いかにも遠慮がちに言った。

「へい、そのことで、ちょいとうかがった次第でして」

「そうか。まだ、患者はいない。遠慮なくあがってくれ」

「へい、畏れ入ります」

藤吉があがってきて、伊織の前に座った。

妻のお繁が、茶と煙草盆を出す。

伊織がふたたび尋ねた。

「佐助どのの具合はどうか」

「見違えるほど元気になりました。はらわたが飛びだしていたのが信じられないくらいです。顔色はよく、もう粥を食べております。大小便はまだ御虎子《おまる》を使っておりますが」

「ほう、そうか。腹が痛いなどと訴えることはないか」

伊織がもっとも案じていたことだった。

地面に触れた腸は洗浄したつもりだが、簡易な消毒だった。もし付着した汚物や異物を体内に取りこんでいたら、激しい腹痛を発するかもしれなかった。

「へい、とくに腹が痛いとは言っていないようです。腹が減ったとは言っているようですが」

藤吉の冗談に、伊織も顔がほころぶ。

手術は成功したと言えよう。

だが、内心では、まだ安心できる状態ではないと思っていた。

「つぎの一の日にモヘ長屋に行ったとき、内田屋に往診するつもりだ。佐助どの状態によっては、抜糸《ばつし》できるかもしれぬ。つまり、腹を縫いあわせた糸を抜くわけだな」

「へい、ありがとうございます。そのときに、旦那さまがあらためて先生にお礼を申し述べるはずなのですが、あのぉ、じつは……。

本来であれば、旦那さまがまいらねばならないところなのですが、今日のところはあたしが、とりあえずといいましょうか……あらかじめお耳に入れていたほうがよいかと存じまして、へい」

藤吉の口調が、急に歯切れが悪くなった。

ほとんど、しどろもどろである。

伊織が先をうながす。

「そなたは今日、主人の真兵衛どのの代わりに来たのか。あるいは、真兵衛どのの意向を伝えにきたということか」

「へい、旦那さまの口からは申しあげにくいことなので、それで、あたしが、へい」

「ここには、内田屋とかかわりのある人間はいないぞ。遠慮なく言うがよい」

「へい、ありがとうございます。

佐助が自害をはかったわけでして、本来であれば自身番にお届けし、お奉行所のお役人のご検使を受けねばならないところなのですが……」

藤吉が言いよどむ。

伊織は、内田屋の主人である真兵衛の意図は察しがついた。役人の検使を受けるとなれば、その対応は大変である。要するに、自身番に届けずに、内々に処理したいのであろう。

「うむ、真兵衛どのの微妙な立場はわかるがな」

「佐助が死んでいたら、お届けしないわけにはいかないのですが、先生のおかげで命拾いしました。

　そこで、佐助はうっかり転んで仕事用の包丁が腹に刺さり、大怪我したが、蘭方医の治療で命を取りとめたと……まあ、あくまでうっかりして怪我をしたということにして、自身番にはお届けしておりません。

　そんなわけですから、先生にも佐助が自害しようとしたことは、内密にお願いしたいのです」

　藤吉が頭をさげた。

　伊織はほぼ想像どおりの展開だなと思った。だが、要請を受け入れるにしても、疑問だけは質しておきたい。

「もちろん、私はお奉行所に、

『あれはうっかりの事故ではなく、本当は自害をはかったのだ。内田屋は真相を隠蔽《いんぺい》している』

などと訴えるつもりはない。

その点は安心してくれ。

しかし、佐助どのはなぜ自害しようとしたのか。

もし誰かに脅《おど》されていた、あるいは追いつめられていたとすれば、このまま済ますわけにはいくまい。事と場合によっては、やはりお奉行所に訴えるべきかもしれぬではないか」

「へい、そこなんですがね。旦那さまから申しあげにくいわけでもありまして」

藤吉は汗をかいている。

そのとき、診察を求める中年の女がやってきた。

伊織は妻のお繁に目で合図する。

心得ているお繁が、

「ちょいとお待ちいただくことになりますが、よろしいですか。いま、ちょうど難しい診察をしておるものですから」

と、にこやかに話しかけながら歩み寄る。

しばらく、話し相手を務めるつもりのようだ。

下女のお熊もさっそく茶を出していた。

「お繁ちゃん、聞いてよ、うちの亭主ときたらね」

女が堰《せき》が切れたようにしゃべりはじめた。

お繁ちゃんと呼びかけていることから、お繁が子どものころからの顔馴染みなのであろう。

藤吉はちらと、やってきた患者に目をやった。お繁と楽しそうに話をしているのを見て、安心したようである。

それでも、やや声を低くして話しだした。

「じつは、佐助の野郎が、ご新造さんと間男《まおとこ》をしていて、それがばれてしまったのです」

「主人である真兵衛どののお内儀と、奉公人の佐助どのが密通していたということか」

「へい、さようです」

伊織は佐助が主人の妻と密通していたと知り、驚きはしたが、とくに衝撃は受けなかった。

世間に密通は珍しくない。庶民はもちろん、武士でも下級武士のあいだでは密通はよくあることと言ってよかろう。

だが、その後の対処を誤ると、悲惨な結果になりかねない。大事なのはどう対処するかだった。

「で、真兵衛どのはどうしたのか」

「旦那さまとしてはとにかく表沙汰にせずに、穏便に解決しようとしましてね。まず、ご新造のお粂《くめ》さまを別な理由をつけて離縁したのです。ご夫婦には子どもがなかったので、不生女《うまずめ》を理由にしたのだと思いますがね。

お粂さまも自分に非があるのはわかっていますから、黙って実家に帰りましたよ。実家は下谷《したや》の古着屋と聞いています。

実家も薄々、離縁された理由はわかったでしょうから、娘の面子《めんつ》を守ってもらい、むしろ旦那さまに感謝したでしょうね」

「なるほど、子どもを生めないのを理由に、女房に三行半《みくだりはん》を書き、渡したわけか。世間ではよくあることだな。すると、肝心なのは佐助どのの扱いだが」

「へい、旦那さまは事を荒立てたくなかったのでしょうが、とくに理由を言わず、佐助に暇を出したのです。まあ、

『女房のお条には去り状を渡した。これで、てめえもわかるだろう。今日かぎり、内から出ていってくれ』

と、言い渡したわけでございますね」

「ほう、それはいつのことか」

「あたしが先生を呼びにいった日です。その日、奥の部屋に旦那さまが佐助を呼び、ふたりきりで話をしたのです。あたしらは薄々、佐助が暇を出されるのであろうと察していましたがね。

しばらくすると突然、佐助が廊下を走って、あたしらが仕事をしていた部屋に飛びこんでくるなり、机にあった仕立包丁を手に取り、

『もう生きてはいられない』

と叫ぶなり、喉にあてたのです。

もちろん、あたしらはあわてて立ちあがり、口々に止めたのですがね。

そこに旦那さまが駆けつけてきて、怒鳴ったのです。

『おい、佐助、芝居じみた真似はよせ』

『俺は本気だ、死んでやるーっ』

そう叫びながら、佐助は着物をはだけ、包丁で腹を刺したのです。

ところが仕立包丁は先端は尖《とが》っていませんからね。何度か突き刺そうとしたのですが、ちょいと血が滲《にじ》むくらいで、ずぶりと突き通すというわけにはいきませんでした。

『おい、そんな素人狂言《しろうときょうげん》では死ねんぞ』

旦那さまが叱りつけました。

佐助は焦《じ》れたのか、両手で包丁を握るや、

『うおーっ』

と叫びながら、横に引いたのです。

あたしはそばで見ていましたから、腹が裂け、血が飛び散り、中からはらわたが飛びだす情景を目のあたりにしました。いまでも、ありありと目に浮かび、吐きそうになります。

その後は大騒ぎになり、あたしが先生に往診のお願いをしに走ったわけです。佐助の腹の傷がどうだったかは、先生がご覧になったとおりです」

「うむ、そなたの説明と、佐助どのの傷の状況は一致しておる。これで私も納得できた。

ところで、先日の真兵衛どのの説明では、佐助どのは腹を切ったあと、喉も切ろうとしたとのことだったが」

「そこは、ちょいと違います。佐助ははらわたが飛びだし、垂れさがったのを見て、

『わわわわ、わーっ』

とわめきながら、よろよろとよろけて、道に落ちたのです。喉を掻き切ろうとはしませんでした。

まあ、みな、動転していましたから。旦那さまも勘違いしたのでしょう」

藤吉が主人の誇張を訂正しながらも、精一杯の弁護をする。

伊織はいきさつを聞きながら、佐助は本気で自害する気はなかったのではなかろうかという疑いが芽生えていた。

最初は虚仮威《こけおど》しの演技だったのが、真兵衛に『芝居じみた』や『素人狂言』となじられ、引くに引けなくなったのではなかろうか。

追いこまれて逃げ場を失い、恐慌状態に陥《おちい》り、包丁で腹を切り裂いてしまった……。それが真相ではあるまいか。

だが、真兵衛の厳しい言葉が引き金になったといえば、言えなくはないかもしれない。

だが、伊織もそれを指摘するのは遠慮した。

藤吉が苦渋の表情で話を続ける。

「さきほど、自身番にはお届けしなかったと申しあげました。もしお届けして、お役人の検使を受けたら、当然、佐助はなぜ自害をはかったのかというお尋ねになるでしょうね。すると、佐助が主人の女房と密通していたことがあきらかになります。そうなると、ふたりは町奉行所に召し捕られ、お裁きを受けることになります。

旦那さまは、なんとしてもそれだけは避けたかったのです」

「なるほど、私もわからんではない」

伊織も真兵衛の心情は痛いほどにわかった。

幕府の刑法典である『御定書百箇条《おさだめがきひやつかじよう》』の四十八項が「密通御仕置之事《おしおきのこと》」である。

もちろん、密通御仕置之事は公布されているわけではなく、秘密法典だったが、それまでの町奉行所の多くの判例から、人々はほぼ正確に内容を類推《るいすい》していた。

男が自分の主人の妻と密通すると、

男→引廻しの上、獄門

妻→死罪

という過酷さだった。

人々が密通を表沙汰にしなかったはずである。

たんに体面を保《たも》ちたいというだけでなく、当事者があまりに過酷な刑罰に処せられるのが忍びなかったのだ。

真兵衛にしても、密通していた妻や佐助に対して当然、怒り心頭に発していただろう。もしかしたら、歯ぎしりして「ふたりとも、ぶっ殺してやる」と、罵《ののし》ったかもしれない。しかし、あくまで一時の怒りである。

冷静に考えれば、ふたりが奉行所に引きたてられ、妻が死罪、佐助が引廻しのうえ獄門になるのは、とうてい耐えがたい。

ふたりに対する惻隠《そくいん》の情《じょう》はもとより、事件が評判になれば内田屋の信用も失墜する。

それらを勘案すると、密通は表沙汰にしないほうがよい。まして、町奉行所で裁かれるなどは論外である。

真兵衛は密通の裁きを町奉行所に持ちこみたくないため、佐助は自害しようとしたのではなく、あくまで事故による怪我として収束をはかったのだ。

（密通がよいこととは思わぬがな。しかし、過酷な処罰をするほどの極悪行為でもあるまい。真兵衛どのの処置は妥当だろうな）

伊織は、事件を隠蔽することに反対する気はなかった。

「わかりました。うっかり事故による怪我で決着させることに、私も異存はありませんぞ」

「ありがとうございます。旦那さまにも伝えますので」

藤吉が安堵の表情を浮かべ、頭をさげた。

大役を果たし、ホッとしているようだ。

伊織はそんな藤吉を見ながら、ふと内田屋の光景を想像した。

真兵衛としては、佐助が内田屋の一室に寝ているのはなんとも不愉快で、苦々《にがにが》しい気分であろう。一刻も早く出ていってほしいに違いない。

しかし、いまの状態の佐助を追いだすような不人情な真似はできない。しかも、食事の世話やしもの始末までしてやらねばならないのだ。

いっぽうの佐助にしても、すぐにでも内田屋から出ていきたいであろうが、それができないのが焦れったく、情ないに違いない。まさに、針《はり》の筵《むしろ》に寝ている気分であろうか。

そんなふたりが、ひとつ屋根の下にいるわけである。

（つぎの一の日に往診したとき、佐助はどの程度、回復しているであろうか）

そんなことを考えていた伊織は、はっと我に返った。

待たせていた患者が、目の前に座っている。

藤吉はとっくに帰ったあとだった。

五

「あら、お師匠さん」

妻のお繁が驚きの声をあげた。

常磐津文字苑《ときわづもじその》だった。かつて湯島天神門前で常磐津の稽古所をやっていて、沢村伊織と所帯を持つ前、お繁も三味線の稽古に通っていた。

なかなか流行っていたのだが、文字苑の愛人を男の門人が殺害する事件が起きた。さらに、稽古に通っていた女の子が帰り道、不忍池に落ちて溺死する事故があった。

不幸が続いたため、文字苑もすっかり気落ちしてしまい、稽古所を閉じると言いはじめた。そして、ある日突然、姿を消した。近所の人々への挨拶もなく、夜逃げ同然の引っ越しだった。

そのまま音信不通だったのが、突然、顔を出したのだ。

「お師匠さん、とにかくあがってよ」

お繁が手を取らんばかりにして、うながす。

文字苑は泣き笑いのような表情をしていた。

「もう、師匠ではないんだけどね。とにかく、あがらせてもらいます。先生、ご無沙汰しておりました。お世話になっておきながら、ご挨拶もしないままで失礼しました」

「ひさしぶりですな。いま、どうしているのですか」

伊織も話に加わろうとしたところに、炭屋の女房のお梅《うめ》が現れた。

このところ、胃の不調で通ってきていた。患者とあれば、伊織も文字苑との話は断念せざるをえない。

ところが、お梅は、

「あら、お師匠さん、どうしたの」

と、伊織のほうは見向きもしない。

この場に文字苑がいるかぎり、診察は受けるつもりがないようだ。

「みなさんにご挨拶もしないままだったので、いまさら顔を出せる身ではないんですけどね。

あのころはとにかく、逃げだしたいというのか、消えてしまいたいというのか」

文字苑が涙ぐんだ。

お繁とお梅が慰《なぐさ》める。

「もう、そんなこと、いいわよ。

それより、いま、どうしてるの」

「最初は深川で芸者をするつもりだったんだけど、もう、年だしね。

たまたま世話をしてくれる人がいて、甘酒屋をやっているわ。いまは、甘酒屋の女将《おかみ》よ」

文字苑は稽古所を開く前、深川で芸者をしていた。それで、もとの芸者に戻ろうとしたのであろう。だが、けっきょく芸者はあきらめたのだ。

かつての芸者時代の客の援助を得て、甘酒屋を開業したのかもしれない。

伊織は髪型を見て、なるほどと思った。文字苑は髪を丸髷《まるまげ》に結っていたのだ。

「甘酒屋は、儲かるのかい」

お梅が無遠慮な質問をした。

文字苑がしんみり言う。

「そんなに儲かるものじゃないわよ。一椀《わん》八文でしょ、たかが知れてるわ。それでね、昼間は二階の部屋が空いてるから、中宿《なかやど》をやっているのよ」

「中宿って、なにさ」

「人目を忍ぶ男と女の密会の場よ。空いている二階を提供するだけで、甘酒百椀くらいになるんだから。いや、百椀以上かもしれないわね。

布団と枕さえ出しておけば、あとはなにもしなくてもいいし、楽なものよ」

「そうか、なにかするのは、客の男と女だものね」

お梅が冗談を言い、笑い転げる。

(ほう、中宿というのか)

伊織は初めて知った。

男女の密会の場としては、出合茶屋が有名である。出合茶屋が専業であるのに対し、中宿は普通の商家がおこなう副業と言えようか。

一階は商売用、二階は自宅にしている商家は多い。商売をしている昼間は、二階は空いているというわけだった。

「客はどんな連中なんだい」

お梅が好奇心をむきだしにする。

「いかにも、どこかの女房と間男らしい組みあわせもいるわよ。でも、若い男と女だと、あたしも応援してやりたい気分になるときがあるわね」

「おい、若いんだから、もっと頑張んなっ、てかい」

お梅が言い、またもや笑いが巻き起こる。

そばで聞いている伊織も苦笑するしかない。

お梅が冗談のような、本気のような口調で言った。

「うちも、二階を中宿にしようかね」

「でもね、中宿という看板を出すわけにはいかないでしょ。あまり有名になると人はいやがってこなくなるし。でも、人に知ってもらわないと商売にならないし。それなりに苦労はあるわよ。

でも、場所はいいわね。とくに女にしてみれば、参詣に行くというのが、出かける口実になるから」

「でも、看板がないと、人は中宿とわからないんじゃないのかい」

「口伝えで知れていくのよ。だから、最初の客をどう引きこむか、そこが難しいわね。あたしは昔、芸者をしていたから、そのころの知りあいが広めてくれたのよ」

文字苑は中宿稼業の苦心についてひとしきりしゃべったあと、帰り支度をはじめた。

お繁が引きとめる。

「もっと、ゆっくりしていってくださいな」

「そうもしていられないのよ。ほかにも、挨拶に行きたいところがあるから」

夜逃げ同然だっただけに、あらためて訪ねて挨拶をしたいところがほかにもあるようだ。

いそいそと文字苑が出ていく。

それを見送って、お梅が伊織の前に来た。

いよいよ診察である。

六

春更にともなわれて現れた霜枝は黒の十徳《じっとく》を着て、頭には角頭巾《すみずきん》をかぶっていた。いかにも隠居のいでたちである。

　初対面の挨拶を終えたところで、

「これから、なんとお呼びしましょうか」

　と、沢村伊織が確かめた。

　隠居とはいえ、もとは町奉行所の与力である。やはり呼び方には気を遣う。

　だが、霜枝はさばさばしていた。

「霜枝と呼んでくだされ。隠居でもかまいませんがね」

「では、霜枝さんとお呼びしましょう」

　そこに、下女のお松が茶と煙草盆を出す。

　伊織がお松に言った。

「あとかたづけは私がやるから、そなたはもう店に戻ってもよいぞ」

「お松ちゃん、心配しなくていいよ。先生にあとかたづけなどはさせない。わたしが全部やるから」

　すかさず、春更が力説した。

　だが、お松は下を向き、消え入るような声で言う。

「いえ、あたしは、最後までいます」

伊織はお松の真意はわかっていたので、

「そうか、悪いな。では、これで友達となにか食べるがいい」

と言いながら、財布からいくばくかの銭を取りだし、渡した。

お松はちょっと頰を染めて銭を受け取るや、

「へい、ありがとうございます。では、近くにいますので、用があったら呼んでくだせえまし」

と、言い、ぺこりと頭をさげた。

三人の前からさがるや、一転して軽快な足取りで路地に出ていく。

霜枝がやや怪訝《けげん》そうな視線で、お松を見送っていた。

伊織が説明する。

「加賀屋という商家の下女なのですがね。診療所が終わると加賀屋に戻らなければならないのですが、本人にしてみれば、ここにいるほうがのんびりできるそうでしてね。

それに、いつの間にか長屋の同年配の女の子に友達ができたようです。友達とおしゃべりをするのが、なによりの楽しみらしいのです。

店では番頭の目が光っているので、とてもおしゃべりに興じるなどはできないのでしょう。お松にしてみれば、月に三度の息抜きなのかもしれません」

「なるほど。さすが、先生は下情《かじょう》に通じていますな」

霜枝がいたく感心したように言った。

春更がさっそく本題に入る。

「さて、今日は記念すべき検疑会の第一回ですが、霜枝さん、今日の議題はなんですか」

「わしは隠居して五年ほどになるのですがね。気になっている事件について話す前に、まず、先生にお尋ねしたいのですが」

「はい、なんでしょうか」

「蘭方医術で親子関係の判定はできるのでしょうか。

つまり、ふたりの人間がいて、ひとりは年長、もうひとりは年少ですが、ふたりのあいだに親子関係があるかどうかの判定は、できるものでしょうか」

伊織は最初から難問に直面し、ややたじたじとなった。

親子関係の判定は、鳴滝塾の塾生のあいだでも話題になったものだった。侃々諤々《かんかんがくがく》の議論のあと、師であるシーボルトに質問した。そのときのシーボルトの回答は単純明快で、「不可能です」だった。

伊織はシーボルトの解説を思いだしながら、説明する。

「夫婦のあいだに子どもが生まれると、世間は当然、夫の胤《たね》と思います。もちろん、夫も自分の胤と信じているでしょうがね。

しかし、厳密に言うと、誰の胤なのかは妻にしかわかりません。もしかしたら、間男がいて、その男の胤かもしれないからです。つまり、生まれた子が誰の胤なのかは、出産した女にしかわからないのです。

それどころか、女にもわからないことがあります。同時期に、多くの男と情交していた場合、妊娠しても誰の胤なのかは、女にも判断できないからです。

容貌や身体つき、気質が似ているとか、似ていないとか、類推《るいすい》はできますが、決定できるものではありません。

ふたりのあいだに親子関係があるかどうかを判定するのは、きわめて困難ですな。蘭方医術でも無理だと思います」

「う〜ん。蘭方でも無理なのですか。

もう一点、お聞きしたいのは、俗に『子種《こだね》がない』と言いますが、子種のない男は本当にいるのですか」

「夫婦に子どもができない場合、たいてい女のせいにされます。子どもの生めない不生女というわけです。ところが、実際は男に原因がある場合も少なくないようです。つまり、子種のない男というわけですね。

西洋では、子どもができない夫婦の場合、原因は夫と妻の半々と言われているそうです」

説明しながら、伊織は内田屋の真兵衛を思いだした。

真兵衛と妻のお粂のあいだには子どもがなく、お粂は不生女と思われていたようだ。しかし、もしかしたら真兵衛に子種がなかったのかもしれない。

「太閤秀吉《たいこうひでよし》は子種がなかったと言われていますが、側室の淀殿《よどどの》が秀頼《ひでより》を生みましたな」

霜枝が言った。

伊織が春更に水を向ける。

「そのあたりは、そなたがくわしいであろう。かいつまんで、説明してくれ」

「はい、かしこまりました」

春更はまさに水を得た魚のようである。

その場に座り直すと、滔々《とうとう》としゃべりだした。

「秀吉公の正室は北政所《きたのまんどころ》のねねですが、ふたりのあいだに子どもはできませんでした。秀吉公には多くの側室がいましたが、好色はもとより、やはり子どもが欲しかったのでしょうね。次々と新手《あらて》を迎え、子どもを生ませようとしたのです。しかし、子どもはひとりもできませんでした。正室にも、多くの側室にも子どもができなかったことから見て、秀吉公は子種がなかったと思われます。ところが、側室のひとりである淀殿が妊娠したのです。そして生んだのが鶴丸《つるまる》。だが、三歳で死にました。つぎに淀殿が生んだのが、秀頼です。つまり、淀殿だけはふたりも子どもを生んだことになります。しかも、秀頼が生まれたとき、秀吉公は五十七歳でした。

この奇妙な事実を、どう考えればよいのでしょうか」

春更が思い入れたっぷりに、ふたりの顔を見る。

霜枝が言った。

「わしは、秀頼の父親は大野《おおの》治長《はるなが》だという説を聞いたことがあるぞ」

「はい、昔からささやかれてきたようですね。大野治長は側近のひとりで、大坂城の落城のとき、淀殿、秀頼とともに自害しております。

大野治長が秀頼の本当の父親だったとすれば、淀殿と密通していたことになります」

「主君である秀吉公の側室と密通するなど、恐ろしい話だな。想像するだけで身の毛がよだつぞ。

だが、しょせん男と女のあいだじゃ。絶対にないとは言いきれまい。障害が大きければ大きいほど、男と女のあいだは燃えるというからのう」

霜枝の感想は、やはり年の功を感じさせる。

伊織が言った。

「しかし、真相はけっきょく不明ですな。秀頼を生んだ女、つまり淀殿が父親は大野治長だとはっきり認めないかぎり、誰にもわからないのです。いまになっては、確かめるすべはありません」

「ふ〜む、よくわかりましたぞ。

前置きが長くなりましたが、これからお話しするのは、じつは親子関係に関する事件でしてね。その前段として、先生にお聞きしておきたかったのです」

霜枝が煙管《きせる》を取りだし、雁首《がんくび》に煙草を詰める。

路地で、犬が吠えた。続いて、女の子の笑い声がする。お松が長屋の子たちと、犬を相手に遊んでいるようだ。

モヘ長屋の路地にはしばしば犬がうろついたり、寝そべっていたりするが、住人の誰かが飼っているというわけではない。いわば、長屋で飼っていると言えようか。

　犬はそれなりに、あちこちで餌をもらっているようだ。


　煙管で一服したあと、霜枝が話しはじめた。

「鎌倉町《かまくらちょう》に遠州屋《えんしゅうや》という、質屋と酒屋をいとなむ大店《おおだな》があります。大店だけに、男女の奉公人が多数、住み込みで働いておりました。

　お富《とみ》という女中がいたのですが、このお富が急に、酸っぱい梅干を好むようになったわけです。周囲の者はあれこれ、陰で噂していたのですが、そのうち腹が目立ちだし、もう隠しおおせないようになってしまいました。ついには、主人の女房のお勝《かつ》の耳に入ったのです。

　お勝がお富を呼びだしました。

『お腹に赤ん坊がいるようだね。けっして叱りはしない。正直に言いな。相手は誰だい』

　しかし、お富は黙ってうつむいたままです。

お勝は諄々《じゅんじゅん》と説いて聞かせました。

『場合によっては、あたしが及ばずながら世話をし、その相手と添わせてやってもよい。それなりの支度もしてやる。けっして悪いようにはしないから、相手の名を言いな』

ところが、お富は黙ったまま、返事もしません。

手を変え品を変え、お勝は問いつめたのですが、お富は頑《がん》として相手の名を言いません。

そのあまりのかたくなさに、お勝もお富が小面憎《こづらにく》くなったのでしょうな。ついに声を荒らげて、

『そんなふしだらな者を、遠州屋に置いておくことはできない』

と言い放ちました。

そして、亭主の惣兵衛《そうべえ》の了解も得て、お富に暇を出し、実家に送り返してしまったのです。

その後、半年ほどして、惣兵衛が突然倒れ、数日寝込んだかと思うや、あっけなく死んでしまいました。

惣兵衛は若いころ、常陸《ひたち》（茨城県）からひとりで江戸に出てきて、裸一貫から身代《しんだい》を築いたそうでしてね。そのため、江戸にはとくに親類はいませんでした。

そのため、女房のお勝の親類縁者が集まり、葬儀をとりおこなったのですがね。物兵衛の遺体を菩提寺に送りだそうとしていると、暇を出したお富が乳飲み子を抱いて駆けつけ、早桶《はやおけ》にすがって泣きながら訴えました。

『遠州屋の跡取りは、この子でございます。旦那さまのお手がつき、あたしはこの子を生んだのでございます。遠州屋にご奉公しているときは、ご新造のお勝さまが怖くて言いだせませんでした。

旦那さまが亡くなったいま、恥を忍んでまいりました。跡継ぎをあやふやなままにしては、旦那さまは死んでも死にきれないと思うので、申しあげるのです。ご覧ください、男の子でございます。旦那さまの跡継ぎでございます』

そして、みなの前で乳飲み子のつけているおしめをまくり、股座《またぐら》を見せたそうでしてね。股座には小さいながら、ちゃんとへのこがあったそうです。もう、男の子に間違いありません。

夫婦のあいだに子はなく、女房のお勝の親類のなかから養子を迎えようと相談していた矢先だったそうでしてね。その相談がまとまらないうちに、物兵衛が死んでしまったわけです。

となると、お富が生んだ男の子――名は孝太郎《こうたろう》です――が、遠州屋の跡取りとなるのは当然ですな。もちろん、孝太郎が惣兵衛の胤だったら、ですが。では、孝太郎は本当に惣兵衛の胤なのか、いや、実際は別な男とお富のあいだにできた子で、遠州屋を乗っ取ろうとする策謀なのか……と、まあ、大騒動になったわけです。

ここまで聞いて、なにか疑問はありますかな」

霜枝は話を一段落させた。

やおら湯呑に手をのばし、喉を潤《うるお》した。

勢いこんで春更が言う。

「惣兵衛がお富に手を出したとすれば、遠州屋の奉公人の誰かが知っていたはずですぞ。ひとつ屋根の下に生活しているのですから、誰かが気づいたはずではないでしょうか」

「うむ、そのとおりじゃ。しかし、不思議なことに、惣兵衛とお富の関係に気づいた者はひとりもいなかった。よほど巧妙に振る舞っていたのか、それとも真っ赤な嘘なのか」

霜枝は春更の指摘を論破し、満足げである。

伊織が口を開いた。

「ちと疑問があるのですが、よろしいですか」

「はい、なんでしょう」

「お富は実家に返されたわけですが、実家はどこですか」

「滝野川村《たきのがわむら》の百姓です。板橋宿《いたばししゅく》に近い所ですな」

「遠州屋のある鎌倉町の近くに住んでいたのならともかく、滝野川村に住んでいて、どうして惣兵衛が死んだことをすぐに知ったのでしょうか。まさにこれから葬儀というところに、お富は乗りこんできたわけです。

遠州屋の奉公人のなかに、内通者とまでは言いませんが、惣兵衛の死をすぐにお富に知らせた者がいたのではないでしょうか」

「ふうむ、鋭い指摘ですな」

霜枝がうなった。

春更も同じくうなっているが、内通者の存在は想像だにしていなかったのであろう。

茶を飲み干したあと、霜枝が話を続ける。

「お富は惣兵衛の子だと強硬に主張するのですが、後家のお勝は納得せず、紛糾しましてね。

鎌倉町の町役人も出席して話しあいがもたれたのですが、決着がつかず、ついに北町奉行所に訴え出たのです。お富が生んだ孝太郎は惣兵衛の胤かどうか、判定してくれというわけですな。

わしが正式にかかわったのは、ここからですがね。わしは吟味方《ぎんみかた》だったので、お勝やお富も尋問したのです」

伊織は霜枝の話を聞きながら、親子の判定まで町奉行所に持ちこまれるのかと、やや呆《あき》れた気分だった。

だが、つまるところ、遠州屋の財産の行方はどうなるかという点に帰着するのであろう。そう考えると、遺産争いと同じである。

いっぽう、春更は話のこれからの展開に期待して、目を輝かせている。

「それから、どうなったのですか」

「お勝があまりに頑強に、孝太郎は惣兵衛の子ではないと主張するので、わしは、

『なぜそう言いきれるのか』

と尋ねました。

すると、お勝がこう述べました。

『恥を忍んで、申しあげます。

あたしは嫁入りしてから数年経っても子どもができなかったので、亭主に申しわけないと思い、妾を勧めたのです。全部で四人でした。しかし、誰ひとりとして身ごもりませんでした。ついには亭主もあきらめ、養子をもらおうと相談していたところだったのです。

つまり、死んだ亭主は子種がなかったのです。お富が亭主の子を身ごもるはずがありません』

これを聞いて、わしは天を仰いでうなりましたぞ。

奉行所のなかでも侃々諤々《かんかんがくがく》でしてね。さきほど述べた、淀殿が秀吉公の子を生んだ話も、このときに出たのです。

つまり、女房と四人の妾のあいだに子どもはできなかったとしても、お富が孕《はら》むことはありえるのではないか、ということですな。

まあ、いろいろな見方や意見はあったのですが、奉行所の役人のあいだでは、惣兵衛は子種がなかったという見解が支配的でした。

つまり、孝太郎は惣兵衛の子ではない、お富は嘘をついている、という結論に至りかけたのです。

ところが、お富の供述で形勢が一転しましてね。

『そのほうは、孝太郎の父親は惣兵衛と言い張っておるが、それを証明することができるか。そのほうと惣兵衛の関係に、誰も気づかなかったのは不自然ではないか』

こう、わしが尋問したところ、お富はこのように答えたのです。

『遠州屋を追いだされて滝野川村の実家に帰ってから、旦那さまは毎月、金三分《ぶ》を届けてくれていました。手代《てだい》の伊之吉《いのきち》どんにお尋ねください』

これには、わしも驚きましてね。

さっそく手代の伊之吉を呼びだし、尋問したのです。すると、伊之吉はこう答えました。

『申しわけございません。亡くなった旦那さまからけっして口外するなとかたく命じられていたので、いままで黙っておりました。

じつは、お富さまが実家に返されてから、あたくしが月に一度、旦那さまから三分をあずかり、滝野川村に行って親父どのに届けておりました』

そこで、お富の父親も奉行所に召喚して確かめたのですが、三分が届いていたことに間違いはありませんでした」

伊織と春更が同時に嘆声を発した。

「ほほ〜ぉ」

まさに、あざやかな逆転劇と言えよう。

惣兵衛が、お富が身ごもっているのは自分の子と意識していた証拠ではなかろうか。お富がほかの男と密通して妊娠したのなら、惣兵衛が伊之吉を使って送金するはずはない。

「伊之吉の証言が決め手になり、遠州屋の者や鎌倉町の町役人を召喚し、お奉行は一同を前にして、次のように言い渡しました。

・孝太郎は故惣兵衛の子と思われるので、名跡を継がせよ。

・生みの親のお富は乳母《うば》として、孝太郎に主人として仕え、大事に守り育てよ。

・後家のお勝は孝太郎の母として、孝太郎をいつくしみ育て、成人ののちは楽隠居せよ。

・遠州屋の財産は親戚一同と町役人が責任をもって管理し、毎年、きちんと帳簿を作成せよ。

・手代の伊之吉が番頭《ばんとう》となって遠州屋を切り盛りし、孝太郎が十五歳になったとき、主人の座を引き渡せ。
・そのほかのことに関しては、後家のお勝は万事、自由に振る舞うがよい。
・後日、孝太郎が惣兵衛の胤ではないというたしかな証拠が見つかれば、奉行所に申し出よ。
というわけでしてね。奉行所のお白洲に座った連中はみな納得し、裁きに服して退出しました」

「う～ん、名裁きと言えるのではないでしょうか。その後、遠州屋はどうなったのですか」

春更が感想を述べ、さらに質問した。

霜枝が遠くを見るような視線で答える。

「その後のことはわしも知らぬが、とくに後家のお勝から訴えがあったとは聞かぬ。孝太郎はまだ十五歳にはなっておらぬだろうから、番頭の伊之吉が事実上の主人だろうな」

「孝太郎が後家のお勝に母として仕えるのは当然としても、生みの親のお富が乳母という奉公人扱いになり、実の子の孝太郎に主人として仕えなければならないのは、つらいところですね」

「しかし、武士のあいだではごく普通のことだぞ」

「大店も同じということですかね」

伊織はふたりの話を聞きながら、頭の片隅に靄《もや》が立ちこめているのを感じていた。かすかな疑念と言おうか。

言葉を選びながら、霜枝に問う。

「では、親子関係の疑問は解決したというわけですね」

「そこなのです。わしもそのときは、お奉行のお裁きに賛成でした。しかし、隠居して日記を読み返し、あらためて考えていると、果たしてあの裁きでよかったのかという疑問が生じてきましてね。ふと、鎌倉町あたりを歩き、遠州屋がどうなっているか調べてみようかと思ったこともあるのです。しかし、よけいなことだと思い直しましてね。けっきょく、実行はしておりません」

「なるほど」

伊織はそれ以上は言わなかったが、霜枝は裁きが間違っていたという事実を知るのが怖いのかもしれない。

霜枝がまとめをする。

「それにしても、親子関係の判定の話になると、けっきょくは淀殿の謎にさかのぼるのがわかりましたぞ」

「いや、じつにおもしろかったですね。先生、来月も検疑会を開催したいと思いますが、よろしいですか」

「うむ、かまわぬぞ。私も楽しみだ」

「そうそう、先生、腹を切った内田屋の佐助さんは、その後、どうなりましたか」

「その件か。なんと、佐助どのは全快したぞ。

すでに抜糸も終えた。私も信じられないほどの回復だった。

さきほど、検疑会がはじまる前に、主人の真兵衛どのが礼を述べにきたので、それでわかった。

佐助どのはすでに内田屋を出たようだ。真兵衛どのは、

『佐助は渋谷村の実家に戻り、しばらく静養するはずです』

と言っていたがな」

「ほう、そうでしたか」

そばで聞いていて霜枝も好奇心を刺激されたのか、春更に、

「おい、おもしろそうな話だな」

と、興味を示す。

春更が答える。

「腹がぱっくり裂け、はらわたが飛びだすという、目もあてられない状態の瀕死の男がいたのです。なんと、先生がはらわたをもとどおりにおさめ、腹を縫いあわせて、完治させたのです。わたしは弟子としてそばにいましたから、一部始終を目撃しております」

ここまで聞けば、霜枝としても全貌を知りたくなるであろう。

「おい、春更、くわしく話してくれ」

「はい、いいですよ」

伊織が外を見ると、陽が西に沈みかけていた。

早くお松を加賀屋に帰さなければならない。伊織はお松を呼ぶため、立ちあがった。

春更と霜枝は場所を変え、話を続行する気のようだ。

第二章　中　宿

一

「不忍池《しのばずのいけ》のほとりの茶屋で、団子でも食いながら茶を一杯飲みたいところだな」

南町奉行所の定町廻り同心、鈴木《すずき》順之助《じゅんのすけ》が歩きながら言った。

挟箱《はさみばこ》をかついだ中間《ちゅうげん》の金蔵《きんぞう》が応じる。

「あたしは、茶を一杯飲みながら団子を食いたいですな」

「きさま、なかなか軽妙な受け答えができるようになったではないか。掛けあいをしながら歩くと、自身番の巡回も退屈せずに済むぞ」

鈴木の笑い声が途中で消えた。

自身番の前に、手札をあたえている岡っ引の辰治《たつじ》がいたのだ。

「おや、やつがいるってことは、少なくとも退屈はせずに済みそうだぞ」

鈴木がつぶやきながら進む。

辰治が腰をかがめた。

「旦那、お待ちしておりやした」

「うむ、てめえがいるってことは、人殺しと見た。首と胴体が離れた死体でも転がっていたか」

「いいえ、首と胴体はつながっているのですがね。その代わり顔面はぐちゃぐちゃで、まるで泥を血でこねたようなありさま――ということでしてね。わっしもまだ見ていないものですから。

自身番から家に使いが来て、わっしはちょいと前に駆けつけてきたところです。すると、しばらくすれば旦那も来るはずだと聞かされたので、お待ちしておりました。旦那と一緒に死体の検分に行こうと思いましてね。

楽しみをわっしが先に取ってしまっては、旦那に申しわけないと思ったものですから」

「ほう、それは気を遣わせたな」

出迎えに出てきた町役人は、ふたりのなんとも能天気なやりとりに腹立たしそうな表情だった。しかし、町奉行所の役人に対しては皮肉も言えない。

憤懣《ふんまん》をおさえ、慇懃《いんぎん》に挨拶をする。

「鈴木さま、徳兵衛《とくべえ》でございます。町内で人殺しがありまして。ご検使をお願いします」

「ほう、そうか。では、自身番には立ち寄らず、このまま行こう。場所はどこだ」

「下谷広小路の曽我屋《そがや》という小料理屋でございます」

「殺されたのは誰だ」

「男と女のふたりですが、身元はわかりません」

案内に立つ徳兵衛は苦渋に満ちた表情だった。

歩きながら辰治が言う。

「男はさきほども言ったように、人相もわからないほどだそうですが、女は顔はまともなようですぜ。ただし、大年増《おおどしま》のようですがね」

「そうか、大年増では検分するにも張りあいがないな。辰治、今度はせめて中年増を用意してくれ。

しかし、小料理屋ならほかに人がいたろうよ。身元不明の男と女が殺されるのは妙だな」

鈴木がぽつりと言った。

一見、いいかげんなようでいて、肝心なところはきちんと押さえている。状況の不審さを鋭く指摘した。

徳兵衛はどう答えるべきか迷っているようだ。

町役人の立場上、奉行所の役人にはあきらかにしにくいのであろう。そっと、横目で辰治をうかがう。

辰治がニヤニヤしながら言った。

「旦那、曽我屋は中宿《なかやど》をしていやしてね。

二階座敷を中宿として貸しているのです。座敷だけでなく、布団と枕も貸すわけですがね。

男と女は料理屋に入るふりをして、さっと階段をのぼって二階に行く。あとは、ちんちん鴨《かも》のお楽しみというわけでさ」

「なるほど、二階を借りていた男と女が殺されたというわけか。まあ、この際、曽我屋の中宿稼業については、細かい穿鑿《せんさく》はしないでおこう」

「はい、ありがとうございます」

徳兵衛はホッとしているようだ。

町内の商家が中宿をしていたとして奉行所に召喚される事態になれば、町役人も白洲に座らなければならないからだ。

「あそこが曽我屋でござ……」

徳兵衛は途中で言葉を失った。

曽我屋の前の通りには、黒山の人だかりができていたのだ。通りどころか、店の中にも多くの野次馬が入りこんでいるようである。

「おい、早くしろい」

「ちょいと、中に入れてくれよ」

道で口々に叫んでいる。

店の前に詰めかけた野次馬は、店内に入る順番待ちをしているようだ。

女将《おかみ》や女中などの奉公人が金切り声で、

「みなさん、どうか、お引き取りください」

と懸命に呼びかけていたが、誰も聞く耳を持たないようだった。

もう、収拾がつかない状態になっている。

「なんだ、これは。まるで、お祭り騒ぎだな」

鈴木が呆れて言った。

辰治がふところから十手《じって》を取りだした。

「旦那、これじゃあ、どうにもなりやせんぜ。まず、野次馬を追い払いやしょう」

「うむ、そうだな」

鈴木も帯に差した朱房の十手を手に取った。

十手を振りかざして、辰治が人の群れに飛びこんでいく。

「おい、てめえら、みな、とっとと失せろ。お役人のご検使だ」

「不逞の輩《やから》は召し捕るぞ」

鈴木は十手を手にして怒鳴っている。

やはり十手の効果は絶大だった。

たちまちのうちに、曽我屋の店内にあふれていた人々は、潮が引くように退去した。

しかし、あくまで店内から外に出ただけである。まだ多くの人間が道に残り、曽我屋の店内を見守っている。これからは、役人の検使を見物するつもりだろうか。

呆然として立ち尽くしていた徳兵衛が、ようやく我に返った。

「では、ご案内いたします」

と、鈴木と辰治を店内に導く。

徳兵衛が女将を見つけた。

「おい、お役人のご検使だ」

「へい、ご苦労さまでございます」

女将が鈴木に向かって腰を折った。

辰治が女将をねめつけた。

「おい、なぜ、こんな騒ぎになったのだ」

「へい、あたしも気が動転してしまって、なにがなんだか、よくわからないのでございますよ。

二階の様子を見にいった女中が突然、

『きゃー、誰か来てー』

と叫びましてね。

その悲鳴を聞いて、あたしと別な女中はすぐに階段を駆けのぼったのです。すると、一階の座敷にいた客の男衆が、

『どうした、どうした』

と言いながら、続いて二階にあがってきましてね。

あっという間で、止めようがありませんでした。

二階の座敷のありさまを見て、大騒ぎになりました。あたしはともかく、奉公人を町内の自身番に走らせたのです。

はっと気がつくと、騒ぎを聞きつけた野次馬が集まってきて、勝手に店内にあがりこんでいるではありませんか。

それどころか、二階にあがろうとして、階段は押しあいへしあいの騒ぎです。もう、手の施《ほどこ》しようがないといいましょうか。

あたしどもは追い返そうとしたのですが、どうしようもありませんでした」

言い終えるや、女将はすすり泣いた。

前垂れをまくって鼻に押しあてる。

鈴木が言った。

「話はあとでゆっくり聞こう。まず、女中が悲鳴をあげ、野次馬が見物したという二階の情景をながめようか」

＊

鈴木と辰治に続いて、徳兵衛と女将も二階にあがってきたが、やはり死体を見たくないのか、階段のそばに座り、座敷からは視線を逸《そ》らしている。

まず目につくのは、横たわった男の真っ赤に染まった顔面だった。人相はまったくわからない。

「うへっ、こりゃ、ひでえや」

辰治が顔をしかめた。

鈴木も眉をひそめている。

「うむ、目もあてられぬとは、このことだな」

それでも、ふたりは男と女の死体を検分していく。

「身元をわからなくするため、顔を潰《つぶ》したのかな。それにしては、女のほうの顔は無傷だ」

鈴木が首をかしげる。

辰治が男の腹部を示した。

「旦那、これを見てくだせえ」

着物がはだけて、腹部はむきだしになっている。そこには、横一文字に八寸ほどの切り傷があった。

しかも、切り傷を見せつけるかのように、着物を大きくはだけているのも奇妙だった。

「まるで切腹をしたかのようですぜ」

「ふうむ、それにしても、妙な死体だな。

いっぽうの女の死体は、まともだぞ。おそらく絞殺されたのだろうが、ほかに目立つ外傷はない」

続いて、鈴木と辰治は死体の持ち物を調べた。

それぞれ財布は残っており、金も入っていた。しかし、身元につながる印判《いんばん》などはなかった。

「旦那、男も女も、身元につながるような物は持っていませんぜ」

「下手人が持ち去ったのかもしれぬな」

言い終えると、鈴木が女将に声をかける。

「このふたりを知っているか」

「女の方は何度かお見かけして顔だけは存じておりますが、お名前までは……。男の方はそんな状態なので、いったい誰なのか、見当もつきません」

「そうか。では、最初から話してもらおうか。

ところで、曽我屋が中宿をしているのは知っておる。そのことをとやかく言うつもりはない。だから、隠し事をすることなく、正直に述べよ」

「へい、ありがとうございます。では、ありのままに申しあげます。

二階の座敷を借りる方は、馴染みになると裏の勝手口から入って、すぐに階段をのぼっておりました。そうすれば、一階の座敷にいる客人に顔を見られずに済みますから。

今日、亡くなった女の方が、ひとりで裏の勝手口から入ってきました。あたしはもう顔馴染みなので、うなずいて座敷が空いていることを教えました。女の方は黙って階段をのぼっていきました。

しばらくして、男の方が来て、勝手口から二階に向かいました。うつむきかげんだったので、顔はよくわからなかったのですが、あたしはてっきりお相手の方が来たのだと思っていました。

また、しばらくして男の方が来て、勝手口からすっと入るや、二階に向かいました。

あたしはちらと見て、

『おや、男の方がさっきあがっていったはずだが……』

と、不思議に思ったのですがね。

いや、自分の勘違いかなと、そんなことを考えているうち、急に一階の座敷が忙しくなりましてね。あたしは忙しさに取りまぎれて、二階のことはすっかり忘れてしまったのです」

「二階で物音など、しなかったか」

「なにかが倒れるような音がした気はします。でも、けっこう痴話喧嘩などが起きるのですよ。ですから、さほど気にもしませんでした。

そうするうち、男の方がひとりで階段をおりてきて、無言のまま勝手口からすっと出ていったのに、女中のひとりが気づいたのです。

女中は気になったのか、あたしに、

『ちょっと、様子を見てきますね』

と言って、そっと二階の様子をうかがいにいったのです。

そして、ふたりが死んでいるのを見て、悲鳴をあげたわけです」

「なるほど、いきさつはよくわかったぞ。しかし、ふたりの身元が知れぬのでは、手の打ちようがないな」

鈴木が渋い顔をした。

辰治も腕組みをして、

「う～ん、なにか方法はありやせんかね」

と、つぶやいていた。

そこに、女中が階段をのぼってきた。

「親分、親分に用があるという人がいますが」

「誰でえ、追っ払え、いまはそんな暇はねえよ」

「なんでも、死んでいる男を知っているとか。さきほど、二階にあがって見物したらしいですね」

「えっ、この顔なし男を知っているだと」

辰治が驚きの声をあげる。

鈴木の目が光った。

「おい、辰治、行ってこい」

「へい、わかりやした」

辰治は階段を駆けおりた。

「おい、てめえか、わっしに用があるというのは」

辰治が、店先に立つ若い男に冷ややかに言った。

着物を尻っ端折りし、股引《ももひき》を穿いていた。肩には手ぬぐいをかけており、職人風である。

「へい、あっしです」

「てめえ、死体を見たのか」

「へい、みなにつられて、二階に見物にいったものですから。申しわけありません」

「べつに謝らなくてもいい。もし、死人の身元が知れたら、よくぞ見物してくれましたと礼を言うぜ。

で、死んでいる男は誰だ」

「上野北大門町《うえのきただいもんちょう》の、『ぺんぺん長屋』とか『べんべん長屋』とかいう裏長屋に住んでいる、佐助という野郎に違いありやせん」

「ほう、それにしても、あの血だらけでぐちゃぐちゃになった顔を見て、よくわかったな」

辰治はまだ疑いを捨てていなかった。

男はニヤリと笑い、

「へへ、顔じゃねえんで。湯屋で見たものですから」

と、もったいぶる。

「ほう、へのこを見たのか。へのこの形と大きさでわかったのか」

「親分、そんなんじゃありやせんよ。

町内の湯屋で一緒になったとき、野郎の腹に横一文字に大きな傷跡があったので、あっしが、

『その傷はどうしたい。切腹でもしそこなったのかい』

と、冗談を言ったのですよ。

するってえと、佐助の野郎が、

『神田あたりで辻斬りに襲われ、刀でばっさり斬られたのよ。はらわたが飛びだすほどの大怪我だったのだがね。蘭方の医者がはらわたを腹の中に戻して、糸で縫いあわせてくれたのよ。危うく死ぬところを助かったというわけさ』

と、妙な自慢をしていやしたよ。

二階の死体には、腹に横一文字に傷がありましたね。湯屋で見たのと同じです。あの死体は、佐助の野郎に違いありやせんよ」

「ほう、なるほどな。助かったよ、礼を言うぜ」

辰治は胸の鼓動が早かったが、努めて平静をよそおう。

男が去り、辰治が二階に戻ろうとしたところに、今度は中年の男が近寄ってきた。商人なのか、物腰も言葉遣いもやわらかだった。

「親分、あたしも申しあげたいことがございまして」

この男も、二階で死体見物に興じたに違いない。

役人が登場したので、あわてて退散し、そのあとは素知らぬ風をしていた。ところが、職人風の男が辰治に報告しているのを見て、自分も勇気を奮い起こしたようである。

今度は、辰治は最初から熱心だった。

「なんだ、おめえ、女の死体を知っているのか」

「へい、下谷茅町《したやかやちょう》に伊勢屋《いせや》という古着屋がございますが、そこの女でございます。たしか、お条と言ったかと思いますが」

「おめえ、なぜ知っているのだ」

「つい先日、あたしは伊勢屋で買い物をしまして。そのとき、見慣れない年増がいたので、主人に、

『新しい奉公人かい』

と尋ねたのです。

すると、顔をしかめて、こう嘆いておりました。

『娘ですよ。あの歳になって、出戻りになりましてね』

そして、主人が女に、『お粂』と声をかけているのを聞いたのです」

「そうか、ありがとうよ」

辰治は小躍りしたい気分だった。

（なんと、ふたりとも身元が知れたぞ）

あっという間に難問が解決した。

信じられないほどの早さである。

野次馬が死体見物をしたおかげと言おうか。怪我の功名と言えるのかもしれない。

（死体を野次馬に見せるのは、なかなかよいかもしれぬな）

思わず笑みが漏れそうになるのをぐっとこらえ、辰治は階段をのぼった。

報告を聞き終え、鈴木が言った。

「女は、古着屋の娘のお粂で、ほぼ間違いあるまい。

拙者が引っかかるのは、男だ。

腹の傷は、飛びだしたはらわたを詰め戻して、縫いあわせた跡だと。ちと、信じがたいな。しかも、手術をしたのは蘭方医だと。

法螺話《ほらばなし》じゃねえのか。いくら蘭方医でも、そんな芸当はできまいよ。

しかし、本当だとしたら……。

おい、そんな芸当ができる蘭方医と言えば……」

鈴木と辰治の目が合う。

ふたりがほぼ同時に言った。

「沢村伊織先生」

そばで、徳兵衛と女将が怪訝そうな顔をしている。同心と岡っ引が意気投合しているのは、薄気味悪いのかもしれない。

「おい、辰治、これから先生のところに行って、

『最近、腹が裂けて、はらわたが飛びだした男の治療をしましたか』

と、確認してくれ。もし、先生が『した』と答えたら、首に縄をかけてでも連れてきてくれ。先生に検分してもらおう」

「へい、ここから湯島天神門前までは、なんてことはありやせんよ。旦那が小便に行き、終わって戻るまでに、先生を引っ張ってきやすぜ」

「おい、拙者の小便は、牛の小便ほど長くはないぞ。ともかく、頼む。死体の番は拙者がするからな」

辰治が階段をおり、曽我屋から飛びだしていく。

二

岡っ引の辰治と連れだって歩きながら、沢村伊織は重苦しい気分だった。

（あの佐助が殺されたのだろうか）

名状しがたい、虚《むな》しさのような感情がこみあげてくる。徒労感と言ってもよい。

九死に一生を得た佐助が、一か月も経たぬうちにあっけなく殺されたことになる。あの手術はいったいなんだったのか。

辰治にさきほど、「先生、傷跡を見れば、自分が手術したかどうか、わかりますか」と問われ、「はい、もちろんわかります」と答えた。その結果、確認のため下谷広小路に向かっていたのだ。

辰治の話を聞いて伊織は、殺されたのは佐助に間違いなかろうと判断していた。およそ八寸もの長さの傷跡など、そうそうあるものではない。

辻斬りに斬られたというのは苦しい言いわけだが、やはり佐助としても自害しそこなったとは言えなかったのであろう。むしろ、傷跡を逆手《さかて》に取って、辻斬りに遭っても生還したと自慢していたのかもしれない。

「野次馬のおかげで、女の身元もわかりましたよ。顔を見知っている男がいましてね。女は下谷茅町の古着屋の娘で、お条。最近、離縁されて実家に戻ってきた、出戻り娘だとか。いや、歳からすると出戻り年増でしょうな」

歩きながら、辰治が楽しそうに言う。

伊織はお条と聞いて、驚きの声をあげそうになった。佐助の密通の相手がお条ではなかったか。

「そうでしたか」

伊織は短く答えるにとどめた。

いったんは驚いたが、考えているうと、ため息をつきたい気分になってきた。

内田屋の真兵衛の女房だったお粂と、奉公人だった佐助が中宿で殺されたことになろう。

お粂は離縁されて実家に戻っていた。佐助は腹部の怪我が治るまで、内田屋で療養していた。

佐助は傷が癒えて内田屋を出ると、さっそくお粂を訪ねたのだろうか。そして、いわゆる焼け棒杭《やけぼっくい》に火がついたのだろうか。

では、お粂と佐助を殺したのは誰か。

というより、ふたりを殺す動機を持つ者は誰か。

しかも、その人間は顔面を叩き潰すほど、佐助に強い憎悪を抱いていたことになろう。

考えに耽《ふけ》っていた伊織は辰治に肘をつつかれ、はっと我に返った。

「先生、ご覧なさい。あのありさまですぜ」

道に人があふれている。店内からは追いだされたものの、立ち去りがたいのか、曽我屋の前に集まって中をのぞきこんでいるのだ。

あちこちに、口角泡《こうかくあわ》を飛ばす勢いでしゃべっている男がいる。自分が二階で目撃した凄惨《せいさん》な光景を、人に伝えているに違いない。

蕎麦《そば》などの屋台店も集まってきているようだ。人混みは商機と見たのだろうか。

死体見物と、見物人をあてこんだ屋台である。臆面《おくめん》もないにぎわいと言えよう。

*

辰治に案内され、伊織は路地伝いに曽我屋の勝手口に行き、腰高障子を開けて中に入った。

板敷の広い台所の片隅で、同心の鈴木がどっかとあぐらをかき、茶碗で酒を呑んでいた。

そばには煮魚や、里芋の煮物が入った深皿がある。

「おう、先生、お待ちしておりましたぞ」

「旦那、二階で死体の番をするはずじゃなかったのですかい」

辰治がずけずけと言う。

鈴木が茶碗をそばに置いて立ちあがった。

「まあ、そうかたいことを言うな。曽我屋も急にこんな事態になり、酒や料理があまって困っているであろうと思い、拙者は人助けのつもりじゃ。二階では金蔵が見張りをしておるから、鼠《ねずみ》が死体を引いていくことはなかろう。さて、死体にあらためて対面じゃ」

やや赤い顔をして鈴木が階段をのぼる。

それに辰治と伊織が続いた。

二階の階段のそばで、供の中間の金蔵が所在なげに煙管をくゆらしていた。

伊織はまず、男の死体を検分する。

そばにかがみ、はだけた着物からのぞいている腹部に目をやった。

(違う……)

ひと目見てそう思ったが、まだ断定はしない。念のために虫眼鏡を取りだし、腹部の横一文字の傷を確かめていく。

小さく息を吐いたあと、伊織が言った。

「この男は、私が手術した佐助どのではございません」

「えっ、まさか。湯屋で知りあったって男は、傷跡を見て間違いないと受けあっていやしたぜ」

辰治が反論した。

鈴木も眉をひそめている。

「腹にこんな大きな傷跡がある男は、そうそうはいますまい。見間違えるはずはないと思いますぞ」

「よくご覧ください。

これは手術後の傷跡ではなく、腹部を鋭い刃物でスーッと横に切った傷そのものです。長さは八寸ほどあり、佐助どのの傷跡とほぼ同じですが、よく見ると糸を抜いたあとがありません。

男が死亡したあと、刃物で切ったのでしょう。そのため、ほとんど出血はなかったのです」

「ふうむ、すると、死体を佐助に見せかけたということでしょうか。顔を潰して人相をわからなくしたのも、佐助と偽装するためかもしれませんぞ。

すると、ちょいとややこしいことになるかもしれぬな」

鈴木が目を細めて考えている。

死体が佐助でないとわかり、伊織はなぜか安堵した気分だった。

だが、死体が佐助でないとわかった途端、別な疑惑の黒雲が湧いてくる。

そんな不安を吹き払うかのように、伊織は男の全身を検分した。

背中に小さいが、深い刺し傷があった。鋭い刃物で刺したのであろう。

顔面は鼻が折れ、頬骨にもひびがはいっていた。数本の歯が砕け、唇がめくれあがっている。生前の容貌は見当がつかない。

腹部に一文字の切り傷があるほかは、とくに大きな外傷はなかった。

「この男は右の背中を、背後からひと突きにされています。おそらく即死に近かったでしょうな。その後、鈍器で顔面を叩きつぶされたのです」

「鈍器はこれでしょうな。布団のそばに転がっていやしたよ」

辰治が花瓶を手渡してきた。

伊織が受け取ってながめると、表面に血痕が付着していた。この花瓶を顔面に繰り返し叩きつけたのに違いあるまい。

次に、お条の検屍に移る。

「お条どのは手で絞め殺されたのでしょうね。喉のあたりに、指の跡が鬱血《うつけつ》になって残っています。

ほかには、とくに外傷はありません」

「さて、先生、この状況をどう解釈しますか。

便宜上、この死体の男を甲《こう》としましょう。最初は佐助でしたが、否定されたので、仮名の甲に降格ですな。

もうひとりの男を乙《おつ》としましょう」

鈴木が言った。

名前がわからない人間に、甲とか乙とかの仮名をつけるのは鈴木の癖《くせ》である。

「ただし、その前に、茶でも一杯、呑みますかな。

おい、金蔵、茶を頼んでくれ」

鈴木に命じられ、金蔵が一階におりた。

しばらくして、女中が盆に茶碗を乗せて運んできたが、その目には嫌悪感がある。死体がふたつも転がっている前で茶を飲むという神経が、信じられないのであろう。

茶を飲んだあと、伊織が検屍の結果を踏まえて推理を述べる。

「お条と甲はこれまで、ここ曽我屋の二階座敷を何度か利用していたのでしょうね。

今日も、ふたりは待ちあわせ、お条がひと足先に来て、二階にのぼりました。

すると、見え隠れにあとをつけていた乙が、お条を追うように曽我屋の勝手口から中に入り、階段をのぼりました。

乙は、お粂と甲が曽我屋の二階で密会しているのを知り、ひそかに探っていたと思われます。甲がまだ現れず、お粂がひとりなのは、またとない機会です。

乙は二階座敷に忍びこむや、お粂を手で絞め殺したのです。

そこに、階段をのぼってくる音がしました。甲がやってきたのです。

乙はあわてて身を隠そうとしましたが、見まわしたところ、とくに隠れる場所はありません。おそらく乙は、壁にピタリと背中を張りつけていたのでしょう。

甲が座敷に入ると、お粂が倒れているのが目に飛びこんできました。あわてて駆け寄り、

『おい、どうした。しっかりしろ』

などと、お粂の体に覆いかぶさるようにして、肩を揺すったり、呼びかけたりしたに違いありません。そのため、壁に張りついている乙には気づかなかったのです。

乙は背後から忍び寄り、隠し持っていた刃物で甲の背中を刺したのでしょう。出刃包丁のような先の鋭い刃物と思われます。甲は叫び声をあげることもなく死にました。

その後、乙は隠蔽《いんぺい》工作をします。最初から計画していたのか、とっさに思いついたのかはわかりませんが。おそらく、その場で思いついたのでしょうが、なかなか巧妙ですね。

乙は甲を仰向けに寝かせ、座敷にあった花瓶を両手で持ち、顔面に打ちつけました。一回ではありません。人相がわからなくなるくらい、何度も叩きつけたのです。

その後、甲の着物をはだけ、腹部に刃物で筋を引きました。上野北大門町の裏長屋に住む佐助と思わせるためです。

湯屋に行くため、佐助の腹部の大きな傷跡は、近所ではけっこう有名だったのでしょう。腹部に傷があれば、誰かが、

『これは、あの佐助だ』

と誤解すると踏んだのでしょうね。

こうした工作を終えたあと、乙はそっと階段をおり、勝手口からすみやかに姿を消しました。

と、こういうことではないでしょうか」

伊織の推理が終わった。

「先生、まるで実際に見ていたようですな。見事なものです。間違いないでしょう。

　ということはですよ、旦那、乙は佐助かもしれませんぜ。甲の腹に傷をつけて、自分が死んだと見せかけたわけです」

　辰治が興奮して言う。

　鈴木がうなずいた。

「うむ、乙は佐助だろうな。間違いあるまい。てめえ、すぐに召し捕れ」

「へい、しかし、上野北大門町の長屋からは、すでに逃げだしていると思いやすぜ。なにせ、佐助は死んだことになったのですから」

「うむ、たしかにそうだな。佐助の実家を調べるか」

「たしか、渋谷村と聞きましたぞ」

　伊織が内田屋真兵衛の話を思いだし、告げた。

　辰治は張りきっている。

「旦那、あっしは明日にでも子分を連れて渋谷村に行き、佐助の野郎を召し捕りやすよ」

「うむ、そうしてくれ。しかし、甲の身元がわからぬな。お条は死んでいるから、尋ねるわけにもいかぬぞ」

「お粂は下谷茅町の実家に戻ってから、甲と乳繰《ちちく》りあいをはじめたわけです。古い馴染みなのか、知りあったばかりなのかはわかりませんがね。

実家は古着屋だそうです。奉公人の誰かが知っているはずですぜ。そちらの調べも、わっしにまかせてくださいな」

「そうか、頼むぞ」

伊織はふたりのやりとりを聞きながら、佐助の召し捕りも、甲の身元判明も、さほど日数はかからないのではなかろうかと思った。

「では、そろそろ下におりようか」

鈴木の言葉で、みな帰り支度をはじめる。

一階に降りたところで、女将が鈴木に言った。

「二階の遺体はどうしたらよろしいのでしょうか」

「女の身元はわかっておる。下谷茅町の古着屋の伊勢屋だ。伊勢屋に連絡し、死体を引き取ってもらえ。すぐに引き取りにくるはずだぞ。

難題は男の死体だな。身元はそのうちわかるはずだが、明日なのか、三日後なのか、五日後なのか、いまのところ見当はつかぬな」

「あのままでは、商売にさしつかえるのですが」

女将は泣きそうな顔になっていた。

横から辰治が言う。

「商売にさしつかえるどころじゃねえぜ。そのうち、蠅がたかって卵を生みつけ、翌日には蛆《うじ》になって這いまわるだろうよ。死体に蛆が湧くってやつだな。わっしは見たことがあるが、すごいもんだぜ。白い蛆がもじょもじょ、そこらじゅうを這いまわってな」

「そ、そんな」

女将は顔面蒼白である。

鈴木が笑いをこらえて言った。

「町役人の徳兵衛どのに相談し、早桶に詰めて融通の利く寺に送り、仮埋葬してもらうがよかろう。身元が判明した時点で、あらためて死体を引き取ってもらえ。町役人が立ちあえば、かかった経費などもきちんと先方に払ってもらえるだろう。曽我屋の負担にはならぬから、心配するな」

「へい、では、そういたします」

女将が深々と腰を折る。

表に出たところで、鈴木が、

「先生、ご苦労でしたな。

拙者はこれから、次の自身番に巡回に行きますぞ」

と言うや、さっさと歩きだした。

あとから、挟箱をかついだ金蔵が従っている。

「先生、わっしは、これから佐助と甲を追いやすよ」

辰治も急ぎ足で立ち去る。

追いつめる相手ができて、生き生きしているようだ。

「さて、と」

伊織は自分で自分に気合を入れ、湯島天神門前に戻る。

三

岡っ引の辰治は、下谷広小路から上野北大門町の通りに入った。

風に乗って、醬油の焦げる香ばしい匂いがただよってくる。団子や餅などを焼いているのだろうか。

赤ん坊を背負った女が通りかかった。

両手で盥《たらい》を抱え、額には汗が浮いている。

「ちょいと教えてくんな。近くにぺんぺんとか、べんべんとかいう長屋はねえか」

「ぺんぺん長屋なら知っていますよ。そこです」

女は顎《あご》で長屋の木戸門を示した。

辰治はムッとしたが、女は両手がふさがっているのを見て、やむをえないなと思い直した。

「ありがとうよ。ところで、ぺんぺん草が生えているので、ぺんぺん長屋というのか」

「さあ、知りませんね」

女は辰治の冗談には、まったく関心を示さなかった。

そもそも「ぺんぺん草が生える」の意味を知らないのかもしれない。

顎で教えられた木戸門をくぐると、路地が奥にのび、両側には平屋の長屋が続いていた。

路地を進むと、赤ん坊の泣き声と、魚を焼く匂いがする。さらに、どこやらで子どもを叱りつけている母親の声がした。

ちょうど家の中から路地に出てきた老婆がいた。孫らしき赤ん坊を背中におぶっている。

赤ん坊がしきりにぐずるのを、老婆は、

「よし、よし、よしよし」

と、背中にまわした両手で揺さぶり、あやしている。

「佐助という男の住まいはどこだね。ごく最近、越してきたはずだが」

「ああ、佐助さんは、あそこですよ」

老婆は片手で指し示した。

(ほう、今度はまともな教えかただな)

辰治は苦笑した。

前に立つと、入口の腰高障子は閉じられていた。辰治は路地に立ち、しばらく耳を澄ましたが、中に人の気配はない。

留守のようだったが、辰治は用心のためふところの十手を取りだし、右手に持った。

佐助は刃物を持っていると考えられる。しかも、すでにふたりを殺していた。

刃物を持った自暴自棄の人間ほど、危険な相手はない。

辰治は左手でそっと腰高障子を開け、土間に踏みこんだ。

室内は薄暗かったが、目が慣れてきて見まわすと、ほとんど家財道具らしきものはなかった。

片隅に布団がたたまれていたが、掛け布団の役目をする夜着《よぎ》はない。一枚の布団をふたつ折りにして、くるまって寝る、いわゆる柏餅《かしわもち》で寝ていたのかもしれない。

（やはり、逃げだしたあとか）

予期していたとはいえ、辰治はかすかな落胆を味わった。

（明日は渋谷村だな）

路地を木戸門に向かって歩きながら、ふと思いついた。

（煎餅布団一枚でも質屋に持っていけば、いくらかにはなるからな）

ほとぼりが冷めたのを見さだめ、佐助が長屋に舞い戻り、家財道具を古道具屋に売り払ったり、質に入れたりする可能性があった。

辰治は大家を訪ね、まず十手を見せておいて、

「佐助は留守のようだが、もし姿を見かけたら、知らせてくんな」

と頼んだ。

「親分、佐助がなにかしでかしましたか」

大家は顔を強張《こわば》らせている。

長屋の住人が悪事を働いて町奉行所に召し捕られた場合、連座制《れんざせい》が適用されるため、大家もお白洲に座らされる。なんらかの処罰も免《まぬか》れない。十手を見て、大家が神経質になるはずだった。

辰治は笑いをこらえ、

「できるだけ、おめえさんには迷惑がかからないようにするぜ」

と慰めを言って、ぺんぺん長屋をあとにした。

＊

上野北大門町からは、下谷広小路を横切って、不忍池のほとりに出た。

あとは、池に沿った道を下谷茅町に向かって歩く。

蓮の葉が生い茂り、つややかな緑に覆われて池の水はほとんど見えなかった。なかに、小刻みに動いている蓮の葉がある。きっと、下に魚か亀がいるに違いない。

古着屋の伊勢屋はすぐに見つかった。

辰治は伊勢屋の表戸がなかば閉じられているのを見て、すぐに察した。

(ははん、下谷広小路の曽我屋から知らせが届いたのだな)

薄暗い店の中に向けて、声をかける。

「ちょいと、ごめんよ。誰かいねえのか」

「へい、なんでしょう」

奥から現れた初老の男はいかにも迷惑そうな、険悪な顔をしていた。

羽織を着ているのは、これから出かけるところか、それとも戻ってきたところか。

「ちと取り込み事がございまして、今日は商売は休みでございます」

「その取り込み事で来たのよ」

辰治がやおら十手を見せた。

男は力が抜けたように、がっくりと店先に座りこんだ。険悪な表情は消え、怯《おび》えがある。

それまで高飛車だった人間が十手を見た途端、畏れ入るのをながめるのは、辰治にとって最大の愉悦《ゆえつ》だった。

「親分でしたか。娘のことでございましょうか」

「ああ、そういうことだ。ところで、おめえさんは」

「幸八《こうはち》と申します。お粂の父親でございます。さきほど、曽我屋に行き、お粂であることを確かめてまいりました」

「ふうむ、そうか。遺体はおめえさんが引き取るのだな」

「へい、早桶を用意し、人足を頼んできたところでございます」

「お粂は嫁ぎ先を離縁され、戻っていたようだな」

「へい、お恥ずかしい次第で」

「実家に戻ってから、どうしていたのだ。店の仕事を手伝っていたのか」

辰治の質問が核心に迫っていく。

幸八の顔がゆがんだ。

「早く再婚してほしいと思っていたのですが、なかなかいい縁がありませんで」

「店の手伝いもせずに、遊び歩いていたのか」

「そのあたりは、あたしも何度か叱りつけたのですが、へい」

「佐助という男に覚えはあるか」

「へい、一度、お粂を訪ねてきたことがありますが、お粂は会いたくないと言うので、あたしが追い返しました。その後は、こちらに来たことはありません」

「お粂を殺した人間について、なにか心あたりはあるか」

「いえ、なにもございません。あたしとしては、早くお粂を葬《ほうむ》りたいと言うだけでございます」

「ふうむ、そうか」

辰治は、幸八からはもうなにも聞きだせないと見切りをつけた。

だが、辰治には秘策があった。これまでの岡っ引の経験から得た知恵である。

「ところで、おめえさんのところに、女の奉公人はいるか」

「へい、お三《さん》という下女がおりますが」

「女の奉公人はひとりだけか」

「へい、さようでございます」

「では、そのお三を呼んでくんな。わっしは、池のほとりで待っている。べつに取って食うわけじゃねえから、安心しな」

そう言い捨てて、辰治は伊勢屋をあとにした。

不忍池のほとりにやってきたお三は、緊張から顔に血の気がなかった。十五、六歳であろうか。前垂れをして、素足に下駄履きだった。

「旦那の幸八から聞いているだろうが、わっしはお上《かみ》からこういう物をあずかる者でな」

辰治がいつにない優しい口調ながら、これみよがしに十手を見せつけた。

お三はまともに目を合わそうともしない。

「正直に話してくれれば、すぐに店に帰してやる。しかし、てめえが隠し事をするようだと、自身番に来てもらうことになるだろうな。自身番でとことん調べる。いいか」

「へい」

「てめえ、お条と男の手紙を取り次いでいたな」

「へい」

お三の消え入るような声の返事を聞いて、辰治は雄叫《おたけ》びをあげたい気分だった。

だが、ぐっとおさえる。

鎌《かま》をかけたのが、見事に成功したのだ。

逢引きの取り決めを手紙でしていたのではなかろうか、というのは辰治の勘だった。また、こういう場合、たいてい女の奉公人が取り次ぎ役をするのは、岡っ引の経験から得た知識である。

　辰治は浮かびそうになる笑みを嚙み殺し、ことさらに渋面《じゅうめん》を作った。

「だいたいのところはわかっているんだが、念のために、てめえに確かめているのよ。相手の男は誰だ」

「南部屋《なんぶや》の政次郎《まさじろう》さんです」

「どこの南部屋だ」

「町内にある、傘や下駄を売っている店です」

「政次郎は南部屋の倅《せがれ》か」

「へい」

「さぞ色男だろうな」

「へい」

「お条より年下か」

「へい、十歳くらい下だと思います」

「政次郎とお条はどこで会っていたのか」

「下谷広小路だと思います」

「てめえ、政次郎から口止め料として、いくらかもらっていたろう」

お三がギクリとした。動揺して、もう泣きそうである。

辰治はこれで、曽我屋の二階の死体は政次郎に違いないと確信した。政次郎はお三を通じてお粂に手紙を届けることで、逢引きの約束をしていたのだ。

だが、お三の顔を見ていると、ちょっと可哀相になってきた。

「口止め料はもらっておけばいいさ。てめえは人に頼まれた仕事をした。その謝礼としてもらったのだからな。旦那の幸八にも言う必要はねえぞ」

「へい」

ようやくお三が笑顔を見せた。

「ところで、佐助という男を知っているか」

「へい、湯屋の帰り、呼び止められて、お粂さまへ取り次ぎを頼まれました」

「手紙か」

「いいえ、伝言です」

「どんな伝言だ」

「不忍池に来てくれとか、なんとか」

「なるほどな」

佐助はお粂に未練があった違いない。だが、お粂のほうはとっくに佐助に見切りをつけており、無視したのだ。

辰治は、お粂の無視が佐助の怒りを掻きたてたに違いないと思った。

「もう用は済んだ。帰っていいぜ。店に戻ると、旦那の幸八が、

『いったいなにを聞かれ、なにをしゃべったか』

と、根掘り葉掘り尋ねてくるだろうな。

そのときは、

『親分から南部屋の政次郎さんについて聞かれました。親分はすでに政次郎さんのことを知っていたようでした』

と答えろ。

そうすれば、てめえは叱られることはないはずだ。いいな」

「へい」

お三が一礼して、伊勢屋に戻る。

＊

辰治はお三に場所を教えられ、南部屋の前にやってきた。

すでに夕闇が迫っている。

通りに面した店には天井から多数の傘が吊るされ、階段状になった棚には下駄が並んでいたが、手代らしき男と丁稚が店じまいをはじめていた。

「おい、まだ店を閉めてもらっては困るぜ」

「へい、お買い物でございますか」

手代は店先に膝をついた。

閉店直前の客と思ったようだ。

「いや、買い物ではない。政次郎のことだ」

「若旦那でございますか」

手代の目に、客の横柄な態度への不審と警戒の色がある。

辰治が十手を取りだした。

「こういう者だ。主人を呼んでくんな」

「へい、少々、お待ちくださいい」

手代があわてて奥に行く。

しばらくして、初老の男が出てきて、店先に座った。

「政右衛門《まさえもん》でございます。倅の政次郎について、なにかお尋ねでございましょうか」

「政次郎は死んだぜ」

「え、ご冗談を」

「じゃあ、政次郎は家にいるというのか」

「いえ、朝から出かけておりまして、まだ帰っておりません。店の者も知らないようでございます。あたくしも、ちょっと心配しているところでございました。

親分、政次郎が死んだというのは、どういうことでございましょうか」

政右衛門の声が震えていた。

胸の鼓動が急に激しくなったようだ。口を半開きにしている。

「出かけるとき、行き先は聞いたか」

「女房に、下谷広小路に行くと告げて出ていったようですが、くわしいことは存じません」

「下谷広小路の、曽我屋という小料理屋の二階座敷で殺された。町内にある伊勢屋という古着屋は知っているか」

「へい、存じておりますが」

「その伊勢屋のお条という娘と一緒のところを殺された。娘といっても、出戻りの大年増だがな」

いつしか、政右衛門の背後に女が座っている。女房のようだ。

政右衛門がかすれた声で言った。

「伊勢屋のお粂さんはいっこうに存じません。しかし、いったい誰が倅を……」

「目星はついている。そのうち、わっしが召し捕るぜ。

それよりも、政次郎の遺体だ。わっしは、わざわざそれを伝えにきたのよ」

「へい、ありがとうございます。政次郎の遺体は曽我屋にあるのでございますか。

先方にご迷惑をかけてはなりませんので、すぐに引き取りたいと思いますが」

「それが、ちょいとややこしいことがあってな。気をたしかにして聞きなよ」

「へい、どういうことでございましょう」

政右衛門も女房も、不安で顔が強張っていた。

辰治が身振り手振りも交えて話す。

「刃物で背後から刺し殺された。最初、殺されたのがどこの誰なのか、皆目わからなくてな。みな、途方に暮れたぜ。

だが、わっしがいろんな手がかりをつなぎあわせて、ようやく南部屋の倅の政次郎にたどりついたわけさ。その大変さは、並大抵《なみたいてい》ではなかったぜ。

曽我屋では、いつまでも身元不明の死骸を二階座敷に置いておくわけにはいかないから、とりあえず行き倒れ人として寺に仮埋葬した。

そんなわけだから、曽我屋にきちんと話を通し、遺体を受け取ることだな。ただし、早桶の蓋は開けないほうがいいぜ」

「しかし、顔を見ないことには、倅かどうかわかりませんから」

「そうか、わっしも遠慮していたのだが、おめえさんがそこまで言うなら、しかたがないな。

下手人は政次郎を刺し殺したあと、重い花瓶を顔面に何度も叩きつけたようだ。ぐちゃぐちゃに潰れて、もう顔じゃあねえな。あれは、肉と骨をこねまわした塊だぜ。

しかも、腹にはまるで切腹のような横一文字の傷がある。政次郎が死んだあと、下手人が刃物で傷つけたようだがね。

あれを見たら、おめえさんはきっと、ゲーッと吐くかもしれないぜ。ご新造さんは卒倒するだろうな。それを案じたので、わっしは早桶の蓋は開けるなと言ったのだがね。

まあ、おめえさんらがそれでも見るというのなら、止めはしない」

夫婦はともに顔面蒼白になっていた。

女房のほうは、いまにも泣き崩れそうなのに対し、政右衛門は気丈だった。

立ち去ろうとする辰治を呼び止め、財布から二分金や一分金を取りだして懐紙に包み、

「これは、わざわざお知らせいただいたお礼でございます」

と、辰治の着物の袂にすべりこませた。

「そうか、すまねえな」

辰治は意気揚々と帰途に就く。

四

床几に腰をおろし、霜枝が目刺《めざし》と切干大根《きりぼしだいこん》の煮付けで飯を食べていると、やはり床几に腰をおろしていた行商人らしき男が声をかけてきた。

「ご隠居さん、ときどき見かけるが、家では飯を食わせてもらえないのかい」

無遠慮だが、悪意はなさそうだ。

老人をからかうというより、話し相手になってほしいらしい。

霜枝も笑って応じる。

「まあ、そんなところだ。というより、家で食べるより、ここのほうがうまいからな」

鎌倉町の一膳飯屋である。

このところ、霜枝は一帯を歩いていた。そして昼食は、蕎麦屋や一膳飯屋で食べていたのだ。

家で食べるよりうまいは、けっして冗談ではなかった。

というのも、北町奉行所の与力のとき、外食はほとんどしたことがなかった。

八丁堀の屋敷から呉服橋門内の奉行所に通うときのいでたちは、継裃《つぎかみしも》だった。

肩衣《かたぎぬ》は無地で黒か茶、袴は平袴で、足元は白足袋に草履である。

供は若党ひとりと中間三人で、中間のひとりは槍持ち、ひとりは草履取り、ひとりは挟箱をかついで従う。

また、中間は紺看板を着て、梵天帯《ぼんてんおび》に股引、草履履きで、真鍮金具の木刀を腰ではなく背に差していた。

こうしたものものしい供を従えて歩くのだから、ちょっとした行列と言ってよい。

霜枝は奉行所の行き帰り、一膳飯屋や蕎麦屋を見かけ、食べてみたいなと思うことがあったが、やはり無理だった。

ましてや、道端に出ている寿司《すし》や烏賊《いか》焼きなどの屋台店で立ち食いをするなど、とうてい考えられなかった。

ところが、隠居した途端、外食はもちろん、屋台店での立ち食いも可能になったのだ。

霜枝は初めて屋台店で蕎麦を立ち食いしたとき、あたりを見まわし、「べつに、悪いことをしているわけではないぞ」と自分に言い聞かせながらも、胸がどきどきしたものだった。もちろん、いまでは慣れていたが。

「遠州屋は気の毒にな」

客のひとりが誰にともなく言った。

すぐに、別な客が応じる。

「跡継ぎがいなくなったそうだぜ」

「するってえと、御家騒動か」

「さあ、いまのところ、ごたごたは聞かねえがね」

「後家さんがしっかり者だからな」

霜枝は飯を食べながら、じっと聞き耳を立てる。鎌倉町の一膳飯屋や蕎麦屋で食事をするのは、こうした噂を仕入れる目的もあったのだ。

「さて、行くかな。ご隠居さん、またな」

さきほど声をかけてきた男が立ちあがり、そばに置いていた天秤棒を肩にかける。天秤棒で前後に大きな盥をさげたが、見ると中は空っぽである。

霜枝は不思議に感じた。

「おまえさんは、なんの商売だい。盥は空っぽのようだが」

「あっしは剝き身売りでさ。蛤《はまぐり》や蜆《しじみ》の剝き身は売りきれて、こうして昼飯を食って帰るところさ」

「ほう、そうでしたか。商売繁盛でけっこうですな」

「遠州屋もお得意だったんだがね、当分は声をかけてもらえないだろうな」

空の盥を天秤棒でさげて、剝き身売りの男が帰っていく。

続いて、霜枝も代金を払って店を出た。

行き先は、医者の家である。さきほど訪ねていったが患者がいるので、半時《はんとき》（約一時間）ほどして出直してこいと言われてしまった。そこで、鎌倉町をぶらつき、一膳飯屋で昼飯を食べていたのだ。

たからだ。
霜枝は一膳飯屋を出たあと、鎌倉河岸を歩いた。医師を訪ねるにはまだ早すぎ

鎌倉河岸は鎌倉町にある河岸場である。

河岸場には多くの人が行き交い、にぎやかだった。

鎌倉河岸に面して大きな酒屋があった。白酒で有名な豊島屋《としまや》である。

例年、二月二十五日の一日だけ、豊島屋では雛祭り用の白酒を売りだした。これを買い求めようと多くの人が詰めかけ、鎌倉河岸は大混雑になった。

霜枝は若いころ、娘に豊島屋の白酒を味わわせてやりたいと、下女に命じて買いにやらせたことを思いだし、ふっと笑った。

霜枝が豊島屋の前を通って歩くと、やはり鎌倉河岸に面して遠州屋があった。

遠州屋は質屋と酒屋を兼ねている。豊島屋が近くにあっては、酒屋商売はやりにくいのではないかと思われるが、やはり外濠《そとぼり》に入ってきた船が鎌倉河岸に着くため、酒樽の積みおろしには便利なのであろう。

鎌倉河岸の活気を前にしながら、遠州屋だけは表戸が閉じられ、ひっそりとしている。

遠州屋の建物を横目でながめながら、低くため息をついた。

(後家のお勝はどうしているかな)

面会して、遠州屋の現状を尋ねたい気はあるが、いまはとてもそんな状況ではなかろう。

霜枝が遠州屋について調べはじめてからしばらくすると、跡取りの孝太郎が病気だとわかった。しかも、かなり重い病気だという。

そして、病気とわかってから十日もしないうちに、孝太郎は死んだのである。十歳だったという。

＊

鎌倉河岸から横丁に入った。
しばらく行くと、目的の医者の家があった。二階建ての仕舞屋《しもたや》で、格子戸の横に掛けられた看板には、
本道外科

坂井玄庵

と書かれていた。

（漢方医で、内科と外科が得意ということか）

内心でうなずきながら、霜枝は格子戸を開けた。

玄関に応対に出たのは、住み込みの弟子らしき少年である。剃髪しているため、頭は青々としていた。

「玄庵《げんあん》先生にお目にかかりたいのだが。さきほど、お約束をいただいた霜枝と申す者でな」

「はい、少々お待ちください」

いったん引っこんだ弟子が玄関に現れ、霜枝にあがるよう言った。

弟子に案内されたのは、玄庵の書斎兼調剤室のようだった。

坂井《さかい》玄庵は薬箪笥を背に、文机《ふづくえ》を前にして座っていた。年齢は五十前くらいであろうか。頭は剃髪し、黒羽織を着ていた。

「さきほど、うかがった霜枝です」

「遠州屋の孝太郎さんについてだとか」

「はい、これは些少でございますが」

霜枝は用意しておいた懐紙の包みを、文机の上に置いた。

中身は二分金である。

玄庵は無表情のまま、紙包みを手に取ると着物の袂に入れた。

「おまえさんは、遠州屋とどういうご関係ですか」

「遠縁の者と申しましょうか。それで、今回の孝太郎の突然の死がちと信じられないと申しましょうか、素直に受け入れがたいと申しましょうか。それで、治療にあたられた玄庵先生に直接、病状などをうかがいたいと存じまして」

「なるほど」

玄庵が重々しくうなずいた。

だが、霜枝が孝太郎の縁戚など、露《つゆ》ほども信じていないのはあきらかだった。

霜枝の真の意図を見抜こうと、慎重に値踏みしている。

霜枝はふと、相手がけんもほろろに面会を断らないことから、自分を町奉行所の密偵のたぐいと誤解しているのかもしれないと気づいた。

なまじそっけなく断ると、逆に痛くもない腹を探られるのを恐れているに違いない。玄庵は付かず離れずの応対をして、厄介な相手を切り抜けようとしているのであろう。

(ふむ、この状況はかえって利用できるかもしれぬ)

霜枝は言葉遣いは丁寧ながら、長年身についた武家の所作を隠すのではなく、むしろさりげなく示すことにした。

「それで、先生にお聞きしたいのは、ほかでもありません。孝太郎の死因はなんでございましょうか」

「痢病《りびょう》でございますな。激しい下痢が続き、体力を失って衰弱し、死に至りました」

「激しい下痢だけですか」

「ほかにどんな症状を想像しておられるのですか」

「たとえば、激しく吐くなども、したのでしょうか」

「いいえ、とくに吐くことはありませんでした。もしかして毒殺をお疑いですか」

玄庵が薄く笑った。

その目からは感情は読み取れない。

「いいえ、けっしてそういうわけではございませんが」

「毒殺でないのは断言できます。じつは、遠州屋の乳母と女中が、同じような症状だったのです。

私が薬を処方し、乳母と女中は回復しました。同じように薬を処方したのですが、年少の孝太郎さんは体力がなかったということでしょうな」

「ははあ、さようでしたか」

霜枝は、流行り病の一種だったのかもしれないと思った。

乳母と女中が同じような症状だったことがそれを裏づけているであろう。ともに、孝太郎に身近に接する存在だったに違いない。

とくに乳母に至っては、実の母と主張していたお富その人である。やはり、毒殺はありえないであろう。

「孝太郎は、亡くなった惣兵衛さんの忘《わす》れ形見《がたみ》だったのですがね」

「わしは、遠州屋の内情にはくわしくないものでしてね」

玄庵は乗ってこない。

深入りするのを慎重に避けていた。

玄庵の家を辞去し、鎌倉河岸の人混みを歩きながら、霜枝は大きく息を吐いた。

全身に冷や汗を掻いていた。

吟味方の与力だったとき、霜枝は多くの尋問を経験している。だが、役人の権威を背景に、相手の供述を引きだしていたにすぎない。

(隠居の身で取り調べるとなると、こんなにも違うのだな)

玄庵を奉行所に召喚し、与力として取り調べることを想像し、霜枝は苦笑した。

なんとなく、足は遠州屋のほうに向かっている。表戸は閉じられているとしても、ながめるだけはながめてみるつもりだった。

「うっ」

霜枝は低くうめいた。

左の腰の上のあたりに、焼け火箸《ひばし》を押しあてられたような感覚があった。膝が崩れそうになる。左手を背後にまわすと、指先が濡れた。

あわてて手を戻して見つめると、指は赤く濡れていた。血である。

霜枝の左横を、若い男が足早に通りすぎていく。

「おい、ちょいと待て」

呼び止め、右手に持った杖で打とうとした。

だが、杖を振り上げた途端、霜枝は支えを失って、その場にくたくたとくずおれた。続いて、激しい痛みが襲ってきた。

路上に突っ伏し、うめいた。

もう、立ちあがることができない。

「ご隠居さん、つまずいたのかい」

すぐそばの店から、手代らしき若い男が出てきた。

そばにかがみ、霜枝を助け起こそうとする。

「い、いや、刃物で刺されたようじゃ」

「え、大変だ、血が出ていますよ。

おーい、来てくれ」

手代が大声で店の者を呼ぶ。

集まってきた数人の丁稚と手代に抱えられ、霜枝は店先に運ばれた。

「とにかく、血止めだ」

誰かが叫び、霜枝の着物をまくりあげ、傷口に折りたたんだ手ぬぐいをあて、さらに晒し木綿で腹部を巻いた。なかなか手際がよい。これまで、怪我人の手当てをしたことがあるようだ。

応急の血止めを終えると、さきほどの手代が言った。

「医者を呼びましょう」

そのとき、霜枝の頭に閃《ひらめ》いたのは、ついさきほど別れた玄庵である。

近所だけに、玄庵が来るかもしれなかった。やはり、それだけは避けたい。

「いや、医者は家に帰ってからかかる。さいわい、血止めをしてもらったのでな。すまんが、駕籠を呼んでくれぬか。八丁堀まで行くよう、伝えてくれ」

「そうですか。では、駕籠を呼びましょう」

手代が丁稚に駕籠を呼びにやらせる。

駕籠を待つあいだ、霜枝は脂汗を流して激痛に耐えながら言った。

「この店の屋号はなんじゃ」

「油屋《あぶらや》でございます」

霜枝は店内を見渡したが、油を扱う稼業には見えない。油屋はあくまで屋号であろう。

「そなたの名はなんという」

「へい、平吉《へいきち》でございます」

駕籠がやってきた。

霜枝は乗りこむに先立ち、平吉に言った。

「世話になったな。元気になったら、あらためて礼にまいる。鎌倉河岸の油屋、平吉どのじゃな。この恩は忘れぬぞ」

霜枝を駕籠に乗せたあと、平吉が人足に指示する。

「八丁堀だよ。くわしい道順は、八丁堀に着いてから、ご隠居が教えるそうだ。ご隠居は怪我をしているから、気をつけてやっておくれよ」

「へい、かしこまりやした。棒組、いくぜ」

人足ふたりが、霜枝の乗った駕籠をかつぎあげる。

霜枝は駕籠に揺られながら、

「たいしたことはない。すぐに治る。たいしたことはない」

と、念じるようにつぶやいていた。

第三章　八丁堀

一

岡っ引の辰治は、

「ご新造さん、うまい茶と煎餅《せんべい》ですな」

と言いながら、お繁としゃべっていた。

煎餅は患者が謝礼として持参したものである。

ときどきお繁が笑うのは、辰治が冗談を言っているのに違いない。

辰治の冗談は下《しも》がかったものが多いが、お繁はけっして眉をひそめたり、いやな顔をしたりすることなく、明るく受け流している。かえって辰治は物足りないかもしれない。

というのは、辰治は相手が顰蹙《ひんしゅく》するのを見て愉快に感じるという、厄介な性格なのだ。

治療を終え、患者が帰るのを見届けたあと、沢村伊織が言った。

「親分、お待たせしました。すぐに引きあげますがね」

「近くまで来たので、ちょいと寄ってみたのです」

辰治は伊織の前に座った。

さっそく、伊織が問う。

「下谷広小路の曽我屋の件は、どうなりましたか」

「じつは、そのことをお耳に入れておこうと思いましてね。

お条と男『甲』を殺して逃げた佐助は、上野北大門町の裏長屋に住んでいたので、いちおう長屋に行ってみたのです。やはり、逃げだしたあとでしたな。

そこで、子分を連れて、佐助の実家のある渋谷村に召し捕りに行ったのです。

しかし、無駄足でしたよ。

佐助は実家には帰っていませんでした。両親も、息子が内田屋から暇《ひま》を出されたのを知らなかったくらいです。

わっしが、息子が人殺しをして逃げていると告げると、ふたりともまさに腰を抜かしていましたね。わっしも気の毒になったので、

『お奉行所が年寄夫婦を捕らえ、倅の行方を白状しろと拷問することはねえから、安心しな』

と、慰めてやったのですがね。

念のため、近所でも聞き込みをおこなったのですが、佐助が戻っていないのはたしかなようです。

佐助の野郎、渋谷村に追手がくるのを予想したのでしょうね。

というわけで、渋谷村くんだりまで出かけていって、けっきょく手ぶらで帰ってきたのですがね」

「すると、行方知れずになったのですか」

「そのうち見つかると、わっしは楽観していますぜ。なにせ、佐助は腹に八寸もの傷跡があるのですから。どこに隠れ住んだとしても、やはり湯屋には行きますからな。裸になれば、腹の傷はいやでも人の目につきます。

わっしは、岡っ引仲間に回状《かいじょう》を出しましたのでね。そのうち、

『どこそこの〇〇湯で、腹に横一文字の傷のある男を見かけた』

などと知らせてくるでしょう」

辰治は自信たっぷりである。

伊織が感心して言った。

「ほう、回状という手があるのですか」

「お奉行所の手配書や人相書きとは別に、岡っ引同士、助けあいをしているわけでしてね。

さて、佐助の件はこれまでとして、もうひとり、鈴木の旦那が言うところの甲です。これは、お条からたどっていったのですがね。

まず、下谷茅町の古着屋に行き、お条の父親に会いましたよ。

娘の死を知っても、父親は嘆くどころか、

『これで厄介払いができた』

と言わんばかりでしてね。さすがに、わっしも返す言葉がなかったですな。

それはともかく、父親からは聞きだせなかったのですが、奉公人を尋問して、お条と乳繰りあっていた甲の身元は割れましたよ。同じ下谷茅町にある傘・下駄屋の倅で、政次郎。

政次郎はお条より十歳ほど年下のようでしたな。政次郎の遺体はいったん仮埋葬されましたが、掘りだして菩提寺に送り、きちんと埋葬されたでしょうな。両親が倅の潰れた顔を見たかどうか、そのあたりはわっしも知りません。

「さて、わっしはそろそろ帰ります。佐助が召し捕られたら、お知らせしますよ」

辰治が帰り支度をはじめた。

＊

現われた春更は、いつになく強張《こわば》った表情だった。額に汗が浮き、息もややはずんでいるのは、かなり急ぎ足で歩いてきたのであろう。

「参道で、辰治親分に会いました」

「ああ、すれ違ったか。ちょいと前まで、ここにいた」

「ところで、先生、先日の検疑会で霜枝さんが披露した、鎌倉町の遠州屋の事件について、親分と話をしましたか」

「いや、話などしておらぬ。なぜ、そんなことを聞くのか」

「じつは、親分の力を借りることになるかもしれないと思ったものですから。いや、申しわけないです、話が前後し、肝心のことがあとになりました」

春更が手の甲で額の汗をぬぐった。

伊織は春更が現れたときから、ただならぬものを感じていた。なにか異変が起きたに違いない。

「どうしたのか」

「霜枝さんが刃物で刺されたのです」

「えっ、いつ、どこで」

「昨日の昼過ぎ、鎌倉河岸の人混みのなかで刺されたようです。刺した者はわかっておりません」

「鎌倉河岸と言えば、鎌倉町だな」

伊織の頭には、すぐに検疑会の話題が浮かんだ。

なぜ、霜枝は鎌倉河岸にいたのか。

検疑会で話題にしたのを契機に、霜枝は遠州屋の事件にあらためて疑問をいだいたのではなかろうか。そして、ひそかに鎌倉町に出向き、調べていたのではなかったのか。

春更が同じ疑いを持っているのは、さきほどの言辞からあきらかだった。

「医者の治療は受けたのか。医者はどう言っているのか」

「霜枝さんの屋敷、つまり柳沢家では屋敷の敷地内に貸家を建てています。その貸家に医者が住んでいましてね。漢方医ですが。その医者が治療しているはずです。

医者がどう診断したのかは、わたしもまだ知りません」

「ふうむ、どうして霜枝さんが刺されたのを知ったのか」

「じつは柳沢家から使いが来まして、霜枝さんがわたしに会いたいと言っているそうなのです。できれば、先生にもお会いしたいとか」

「そうか、では会おう」

伊織がきっぱりと言った。

おそらく、遠州屋の件に違いない。霜枝はなにか発見をしたのだろうか。そのことが、刺されたことにつながったのだろうか。

いろんな疑問が湧き起こるが、それは霜枝に会うことでわかるであろう。

「では、これからすぐに出かけましょう。よろしいですか」

春更はもう立ちあがりかけている。

ちょっと考えたあと、伊織が言った。

「薬箱を持っていこう。漢方医を信用していないわけではないが、もしかしたら私にできることがあるかもしれぬ。

薬箱を持参するとなると、駕籠がよいな。

おい、お熊、駕籠を二丁、呼んできてくれ。行先は八丁堀だ」

「へい、かしこまりました」

下女のお熊が表に駆けだしていく。

湯島天神の参道に駕籠屋があった。

駕籠が来るまでのあいだ、伊織はお繁に手伝わせて薬箱の準備をし、着替えをした。

「もしかしたら、今夜は先方に泊まることになるかもしれぬ」

駕籠に乗るに先立ち、伊織はお繁に告げた。

二

八丁堀には町奉行所の与力と同心の屋敷が集まっている。

駕籠が八丁堀に着いたとき、すでに夕闇が迫っていた。沢村伊織は駕籠をおりながら、八丁堀は初めてだなと思った。

町家とは違って、夕暮れにもかかわらず一帯は森閑《しんかん》としている。人通りもほとんどない。

暗くなっていく空を蝙蝠《こうもり》が飛び交っていた。

「霜枝さんの屋敷はこちらです」

薬箱を持った春更が先に立って、急ぎ足で歩く。

突然、中間らしき老人が声をかけてきた。

「おや、鎌三郎さまではありませんか」

「え、ああ、ひさしぶりじゃ」

「これからお屋敷ですか」

「いや、違う。ちと急用ができてな。俺を見かけたことは、兄上には内緒にしておいてくれ。いや、べつに、悪事を働いているわけではないのだがな」

春更はかなりうろたえていた。

不審そうな表情の中間を見送ったあと、春更が言いわけをするように言った。

「佐藤家の中間でして。わたしが物心ついたころから屋敷にいるものですから」

「そうか、そなたは、このあたりで育ったのだったな」

「ここです」

春更が霜枝の屋敷を示した。

敷地は三百坪ほどあろうか。表門は冠木門《かぶきもん》だった。

伊織は塀に、冠木門とは別に簡素な木戸門がもうけられているのに気づいた。貸家の住民の出入口になっているはずである。

「ちと、待っていてくれ。私は医者と話をしてくる」

伊織が木戸門から屋敷内に入った。

春更は応対に出た若党に、遅れてもうひとり来ると、苦しい言いわけをする羽目になった。


伊織が貸家から戻り、応対に出た若党に案内を乞うと、式台付きの玄関ではなく、やや奥まった場所にある内玄関に通された。

玄関をあがってすぐの座敷には、柳沢家の当主らしき男がいた。羽織姿で、腰には脇差を帯びている。

薄暗いせいもあるのか、表情は沈鬱《ちんうつ》だった。春更のそばに座った伊織に目を向け、暗い声で言った。

「柳沢左門《さもん》です。

こちらの春更どのにも申しあげたのですが、見舞いはお断りしております。父はとても人にお会いできるような状態ではありませんでね。医者からも見舞いは断るように言われております」

「さきほども申しあげたように、見舞いではないのです。わたしと、こちらの沢村伊織先生にぜひ会いたいと、ご本人が伝えてきたのです。ご本人の意思ですぞ。なにか大事な用件なのかもしれません」

春更が力説し、粘《ねば》る。

横から伊織も言う。

「私は蘭方医です。もしかしたら、お役に立てるかもしれません」

左門もついに折れ、

「わかりました。では、父に聞いてまいります。しばらく、お待ちくだされ」

と言い残し、奥に向かった。

左門の姿が消えるや、春更がささやいた。

「医者の診立てはどうなのですか」

「同じ医者同士なので、正直に教えてくれた。鋭い刃物で突き刺されているので、内臓がひどい損傷をしている。ただし、霜枝さんや家族には、

『望みを捨ててはいけません』

と述べたそうだがな。

できるだけ苦痛をやわらげる薬を処方しているそうだ。私も薬を聞いて、納得した」

「え、どういうことですか」

「つまり、望みはないということだ」

「そ、そんな。先生、手術してやってくださいよ。内田屋の佐助さんは、あんなにひどい怪我だったのに、先生が手術して見事に治ったではありませんか」

春更が珍しく感情をむきだしにした。

伊織は静かに答える。

「あのときは、内臓が損傷していなかった。霜枝さんの場合は違う。なまじ手術をすると、苦痛を長引かすだけに終わりかねない」

「それでも、先生、傷を診るだけは診てやってくださいよ」

ふたりが小声で押し問答をしているところに、左門が現れた。

いつの間にか、手燭《てしょく》を手にしている。

「父がおふたりにお会いすると申しております。ご案内いたします」

＊

手燭にともした蠟燭《ろうそく》の灯りで濡縁《ぬれえん》を進む。

庭からの風で蠟燭の火が激しく揺れた。

伊織がちらと見あげると、息を呑むほどの満天の星である。そしていま、この屋敷内の一室で霜枝の命が尽きようとしているのだ。

「こちらです」

案内された座敷には布団が敷かれ、霜枝が寝ていた。

そばにいる老女は霜枝の妻であろう。左門の妻らしき女もいた。そのほか、霜枝の孫にあたる男女もいるようだ。

枕元には行灯《あんどん》と、水を張った盥が置かれていた。土瓶と茶碗があるのは、医師が処方した漢方薬を呑ませるためであろう。

春更が呼びかけた。

「霜枝さん、春更がまいりました。先生も一緒です」

「おう、来てくれたか」

霜枝が目を開け、かすれた声で言った。

伊織が声をかける。

「医者の治療を受けたのは知っていますが、もしよろしければ、私も診ますぞ。薬箱も持参しております」

「いや、無駄です。わしはもう、長くはありますまい」

すかさず横から左門が、

「父上、また気の弱いことを。そんなことは口になさらないでください。気をたしかにお持ちくだされ。医者も、かならず治ると申しております」

と、叱りつけるように言う。

本人は父親を励《はげ》ましているつもりであろうが、これでは死に行く者は遺言を述べることもできない。伊織は重苦しい気分だった。

霜枝はしばらく無言だったが、歯を喰いしばっている様子から苦痛に耐えているのだとわかる。

ようやく口を開いた。

「みな、しばらく遠慮してくれ。当分のあいだ、春更と先生とわしの、三人だけにしてほしい」

「父上、そんなことはできませぬ」

左門が怒ったように言う。

霜枝が精一杯、声を張りあげた。

「左門、わしの言うとおりにしろ」

「わかりました」

左門は一瞬、躊躇《ためら》ったが、父親の強い語調に気圧《けお》されたようである。

あたりを見まわして、左門が黙ってうなずいた。

みな、うなずき返し、そっと立ちあがる。


伊織と春更が、あらためて霜枝の枕元に座った。

「邪魔者はいなくなったか」

霜枝が冗談めかして言った。

春更が生真面目に答える。

「わたしと、先生だけです」

「先生、正直に答えてください。わしはまもなく死ぬのですな」

「さきほど、霜枝さんの傷の手当てをした医者と、腹を割った話をしました。医者は的確な診断をしたと判断しました。なにか言い残しておきたいことがおありなら、まだ気力のあるうちがよいと思いますぞ」

伊織が婉曲《えんきょく》な表現で、助からないと告げた。

霜枝がかすかに笑った。

「そうですか、これでむしろ、すっきりしましたぞ。倅たちはとにかく、わしを元気づけようと躍起《やっき》になるだけで、本当のことは教えてくれませんでね。ようやく、わしの命も残り少ないことがわかりました。やはり春更と先生を呼び寄せてよかったですな。もうしばらくは、話ができそうです。

鎌倉河岸で刺されたと聞いて、ほぼ察しているかもしれませんが、わしは鎌倉町の遠州屋を探索しておったのです。検疑会がきっかけですな。

さて、わしが吟味方の与力だった当時、お奉行は永田備後守正道《ながたびんごのかみまさみち》さまでした。遠州屋から持ちこまれた親子関係をめぐる訴えについて、最終的に備後守さまが申し渡した判決には、わしも心から同意しておりました。名判決と信じていたくらいです。

ところが検疑会のあと、ひとりで考えていて、ふと、

お富が生んだ孝太郎は、主人である惣兵衛の胤ではないのではないか。

孝太郎は、手代だった伊之吉の胤ではないか。

手代・伊之吉と女中・お富は密会していて、孝太郎を孕んだのではないか。

という疑念が芽生えたのです」

言い終えると、霜枝が苦しそうに顔をゆがめた。

春更がかいがいしく土瓶から茶碗に痛み止めの薬をそそぎ、霜枝に飲ませてやる。

煎じ薬を呑んだあと、霜枝は無言で息をととのえている。かなり消耗《しょうもう》しているようだ。

霜枝の様子を見ながら、伊織が口を開く。

「検疑会で話を聞き、その後ひとりで考えていて、私も伊之吉どのが子どもの真の父親でないかという疑いを持ちましたぞ」

「ほう、それは、なぜですか」

「妊娠したお富どのが滝野川村の実家に返されたあと、主人の惣兵衛どのの意を受けて、手代の伊之吉どのが毎月、金三分を届けていたとか。このことは、その後の調べからも確認されています。

そして、この事実が、お富どのが生んだ子が惣兵衛どのの胤であることの証拠となりました。

しかし、実際はまったく逆だったのではないでしょうか。

月三分という仕送りは、なんとも中途半端です。惣兵衛どのなら二両、あるいは三両を送金したはず。大店の主人には、なんの痛痒《つうよう》も感じない金額です。

ところが、月三分。

伊之吉どのは当時、手代でした。店の金を誤魔化していたのでしょうが、三分が精一杯だったのです」

「なるほど、手代が掠《かす》める金額はせいぜい三分ということですか。お奉行も、与力のわしも、そのあたりは考えも及びませんでしたぞ」

霜枝が苦しげな息をしながら言った。

そばで、春更も、

「なるほど」

と感嘆している。

「お奉行がくだした裁定は、もしかしたら間違っていたのではないか。わしは居ても立ってもいられない気分になってきましてね。検証するため、鎌倉町の遠州屋を探ったのです。

後家のお勝にも会いましたぞ」

霜枝がふっと笑った。

目にはなつかしむような光がある。

「え、死んだ惣兵衛の女房だったお勝にお会いになったのですか」

春更が驚いて問い返す。

伊織も少なからず驚いた。

「会うまでには、かなり苦労しましたがね。また、ようやく対面できたときも、お勝はかなり警戒していましたよ。なにせ、かつてわしは吟味方与力として尋問しておりますからな。お勝にしてみれば、

『隠居したあとで、いまさら、なんだ』

という気分だったでしょうな。ねだりや、強請《ゆす》りと思ったかもしれません。

しかし、何度か会って話をするうち、お勝もわしの真意がわかったのか、心を

開いてくれるようになりましてね。なるべく目立たないよう、小料理屋の奥座敷などで会ったのですがね。もちろん、話をしていただけですぞ。色っぽいことは無縁です。

それにしても、町奉行所の元与力と、商家の後家ですからな。妙な爺さん婆さんの組みあわせです」

霜枝が楽しそうに笑った。

伊織は聞きながら、もしかしたら隠居と後家の老いらくの恋だったのかもしれないと思った。霜枝にとってはかけがえのない思い出であろう。

ふたりで会っていたときの情景を思い浮かべているのか、霜枝の目がどことなく潤《うるお》っている。だが、残された時間は限られていた。

伊織がやんわりと話題を戻す。

「遠州屋の跡継ぎに関して、後家のお勝どのは、どう考えていたのですか」

「お勝はたいした女でしたぞ。わしもほとほと感服しました。

お勝は、お富が生んだ子は伊之吉の胤ではないかと疑っていました。

しかし、証明する手立てがありません。そこで、お奉行の備後守さまがくだした判決の最後の文言、

『後日、孝太郎が惣兵衛の胤ではないかというたしかな証拠が見つかれば、奉行所に申し出よ』

を唯一の頼りに隠忍自重《いんにんじちょう》し、それとなく伊之吉とお富を見張っていたのです。疑いは強まる一方ですが、ふたりは決定的な尻尾を出しません。こうして、年月が過ぎたわけですな。

わしと会っているとき、お勝がしみじみと言いましてね。

『あたしはもう年ですから、遠州屋の身代など、どうでもよいのです。死んだ亭主の無念を晴らしたいのです。このままでは、死んだ亭主があまりに可哀相ですから。霜枝さま、力を貸してください』

わしも胸を打たれましてね。どうにかしてやりたいと思ったのです。

そんな矢先、孝太郎が疫病にかかり死亡しました。そして、わしまで、この始末です。

この先、遠州屋とお勝はどうなるか。

わしは伊之吉とお富が結託《けったく》して、お勝を追いだすのではないかと案じておるのです」

霜枝の言葉が目立って弱々しくなった。

最後の力を振り絞るかのように言う。

「春更、先生。

お勝の願いをかなえてやってくれませぬか。死にゆくわしの、最後の頼みです。ただし、お奉行が間違っていたという評判が立つのだけは、避けてくだされ。痩せても枯れても、わしは北町奉行所の与力でした。お奉行の備後守さまの失策を暴《あば》く形にだけはしたくないのです」

伊織が確認する。

「もし孝太郎どのが猪之吉どのの子と判明した場合、お勝どのはどのような処置を望んでいるのですか」

「お勝は伊之吉とお富が処刑されることは望んでいません。ふたりを遠州屋から放逐《ほうちく》すれば、それでかまわないとのこと。要するに、穏便におさめたいのです。

また、孝太郎はいったんお富の親元にあずけ、その後は相応の持参金を付けて養子に出せばよいと考えていました。

そして、遠州屋の跡継ぎには、お勝の親類から養子を迎えるつもりのようでした。

お勝は思慮深い、意志の強い女ですぞ」

霜枝の言葉にめっきり力がなくなった。

春更が焦《あせ》って言う。

「霜枝さんを刺した人間について、心あたりはありますか」

「わしが遠州屋を探っていることに不安をいだいた人間だろうな。昨日など、わしは孝太郎の治療をした医者に会いに行き、毒殺説を示唆《しさ》したくらいじゃ。やりすぎたのかもしれぬな。

しかし、下手人探しはしなくてよい。かえって、遠州屋やお勝に迷惑がかかろう。頼んだぞ」

言い終えると、霜枝が目をつぶった。

伊織が手首を取って脈を確かめる。

弱々しいが、まだ脈はあった。息子をはじめ、家族に最後の言葉をかけることはできよう。

「当主の柳沢左門さまに、われらの話は終わったと伝えたほうがよかろう。みなと入れ違いに、私は帰るぞ」

「はい、わかりました。場合によっては、わたしは残るかもしれません。では、左門さまに伝えてきます」

春更が立ちあがった。

すでに夜はとっぷりと暮れている。

三

内田屋真兵衛は供も連れず、ひとりで現れた。

表情には憔悴の色が濃い。

須田町のモヘ長屋にある、沢村伊織の診療所である。

「先生、よろしいでしょうか」

「はい、いまちょうど患者はいませんぞ」

真兵衛はあがってくると、へたりこむように伊織の前に座った。

疲れきっているようだ。目が充血しているのは、あまり寝ていないからであろう。

「下谷広小路では、あたしのもとの女房のお粂、そして内田屋に奉公していた佐助の件で、大変なお手数をおかけしたとか。とくに佐助に関しては、内田屋のときと下谷広小路と、二度ですからね。なんとも申しわけない次第です」

いかにも恥じ入った様子で、真兵衛が頭をさげる。

伊織は相手がやや気の毒になった。

「私も不思議な縁に驚いているのですがね。因縁と言ってもよいかもしれませんが。

しかし、下谷広小路の件は、どうやって知ったのですか」

「岡っ引の辰治親分があたしどもに訪ねておいででして、お条や佐助のことを聞かれました。そのとき、逆にあたしは親分に、下谷広小路の事件をうかがったのです。

あたしは驚いたのはもちろんですが、全身の力が抜けるようと申しましょうか。離縁されて実家に戻ったお条が、すぐさま十歳も年下の男と色事をはじめたのですからな。そして、お条とその相手が、佐助に殺されたのですからね。

あたしは呆然自失と申しましょうか、もうなにも手がつかず、夜も寝つけず、ただただ、ぼんやりしております」

「そうでしたか」

「お条の葬儀にも、いちおう顔を出したのですがね。先方の父親から、

『面目《めんぼく》ない次第でして』

と、謝られましてね。

父親としては、娘が間男をして嫁ぎ先から追いだされ、あげくは近所の若い男と火遊びをしていて殺されたのですから、なんとも情ないでしょうな。葬儀もごく内輪でした。あたしはかえって、いたたまれない気分でした。

ところで、佐助の行方はいまだに知れないのですか。

佐助はお粂どころか、相手の男まで殺してしまったのですからな。そんな凶悪な男には見えませんでしたが。

いま思うと、激情に駆られて包丁で腹を切ったのも、凶暴性を秘めていた証《あかし》かもしれませんな」

「佐助どのの行方についてですが、つい先日、親分と話をしました。佐助どのは実家のある渋谷村には戻っていないようです。親分は、江戸のどこかに隠れ住んでいると見ているようですがね」

「佐助は腕のいい仕立職人です。そのうち、名を変えて仕立屋に奉公するに違いありません。仕立屋の筋で網を張っていれば、いずれ行方は知れるのではないでしょうか。そのときはすぐに、親分にお知らせするつもりです」

「うむ、それがいいですな」

辰治は湯屋の線で佐助を追っている。真兵衛は仕立職人の線で追う。

伊織は、二本の線で追っていけば、佐助は近いうちに召し捕られるであろうと思った。

ふと、気になっていたことを思いだした。

「佐助どのは傷が癒えて内田屋を出たとき、それなりの金を持っていたのですか」

「ああ、その件ですか。じつは、佐助が内田屋を出るにあたって、あたしは五両を怪我見舞いとしてあたえたのです」

「ほう、五両は大金ですが」

「『主人の女房との間男がばれて、自害しようとして腹を切った』のではなく、あくまで『不注意による怪我』だったことにしたかったからです。いわば、口止め料と申しましょうかね。

藤吉なんぞは、

『旦那さま、それじゃあ、泥棒に追銭《おいせん》ですぜ』

と、いきりたっていましたがね」

真兵衛が自嘲気味に言った。

しかし、伊織はこれで佐助がある程度の金を持っていた理由がわかり、謎が解けた気がした。

佐助は一時は、上野北大門町の裏長屋を借りて住んでいた。さらに、いまはどこかの裏長屋に名を変えて住んでいるであろう。それなりの金を持っていないとできないはずと、伊織は不思議に感じていたのだ。

「内田屋を潰すわけにはいきませんから、まず、あたしがしっかりしないといけないのですがね。気力がないと言いますか、やる気が起きないと言いますか。

いまは、藤吉が内田屋を支えてくれているようなものです。

あたしは女房もいませんし、子どももいません。藤吉を養子にして、内田屋を譲《ゆず》ろうかと考えているのですがね」

「ふうむ、なるほど」

「ただし、佐助が召し捕られたあとにしたいと思っています。やはり、けじめをつけたいですから」

真兵衛は最後に深々と一礼し、帰っていった。

＊

内田屋真兵衛が帰るのとほぼ入れ違いに、春更が顔を出した。

いつもの快活な様子はなく、表情も暗い。

それでも春更は、

「お松ちゃん、米饅頭《よねまんじゆう》だよ。八丁堀の帰りに買ってきた。お茶を入れて、先生とわたしに、ひとつずつ出しておくれ。あとは全部、お松ちゃんが食べていいよ」

と気前よく言いながら、竹の皮の包みを下女のお松に渡した。

米饅頭は、米粉で作った皮で、小豆の餡を包んだものである。道で見かけた饅頭屋で買ったのであろう。

お松はいかにも嬉しそうだった。全部食べていいと言われたが、もちろん、全部食べるはずはない。長屋の友達と一緒に食べるつもりであろう。

座った春更に、伊織が言った。

「葬儀に行ってきたのか」

「はい。霜枝さんは病死として、柳沢家の菩提寺に葬られました。

もちろん、八丁堀の住人はみな、霜枝さんが暴漢に刺されて死んだことは薄々知っていますがね。あくまで建前は病死ということです」

「体面を繕《つくろ》ったということか」

「霜枝さんの遺言でした。

隠居とはいえ、もとは北町奉行所の与力です。そんな人間が刺殺されたとなれば、奉行所も動かざるをえません。そして、なまじ下手人が捕縛され、背後に遠州屋の内紛があるらしいとなれば、奉行所の役人が遠州屋に踏みこむことになりかねませんからね。そういう事態を、霜枝さんは避けたかったのです。

当主の柳沢左門さまは、まさに体面を繕ったのでしょうね。父親が暴漢に刺殺されたとあっては、武家の恥ですから。

父親が病死にしてくれと言っているのですから、倅の左門さまには願ったりかなったりだったでしょうね。柳沢家の親族もとくに異論は唱えなかったようです。

かくして、霜枝さんは病死として葬られたわけです」

「ふうむ、なるほどな」

「ところで、先生、霜枝さんに頼まれたことは、どうしましょうか。わたしはあれ以来、考えているのですが、どうすればよいのか、まるでわかりません」

「私もあれ以来、ずっと考えていたのだがな。検疑会でも話したように、親子関係を証明する手段はない。伊之吉とお富が白状し、認めないかぎり、『孝太郎は惣兵衛の子ではない』とは断定できない。かといって、伊之吉とお富があっさり口を割るとは、とうてい思えぬな。拷問でもすれば別だろうが」

「そうです、先生、拷問ですよ。この際、ふたりを拷問にかけるべきです」

春更が身を乗りだすようにして、勢いこんで言った。

伊織が苦笑する。

「おい、誰がふたりを拷問するのだ。そなたが、やるか」

「え、いえ、それはまた別な話でして」

春更がさきほどの勢いはどこへやら、たちまちしゅんとなった。

すでに顔色も青ざめている。

口先だけの空威張《からいば》りなのはわかっているので、伊織はちょっとからかってみたのだ。

もし拷問の現場を見れば、それだけで春更は卒倒するに違いない。

春更の狼狽《ろうばい》ぶりを見て、お松がクスクスと笑っている。話の内容はよくわからないにしても、春更の動揺ぶりはよほどおかしいらしい。

伊織が淡々と言った。

「頑として口を割らぬ、あるいはのらりくらりと言い逃《のが》れをする悪人に対し、拷問が真実を引きだす効果があるのは、私も認める。まさに、『あの野郎、これだけ証拠があるのに認めないとは、しぶといな、拷問にかけろ』というわけだな。

その結果、真実の供述が得られれば、さぞすっきりするであろうと思うぞ。謎が解けるわけだからな。

しかし、拷問の苦痛に耐えかね、犯してもいない罪を認めてしまう例も多いであろう。つまり、拷問に負け、相手の意向に迎合してしまうわけだ。

拷問には『功罪』があると思うぞ。

大きな声では言えぬが、いまの奉行所の拷問のやりかたは、『罪』のほうが大きいかもしれぬ。つまり、冤罪を生んでいると言ってよかろう。

私としては拷問には賛成できぬな」

「はあ、拷問はすべきでないのは、よくわかりました。

では、どうしたらよいのでしょうか」

「私は考えていて、ある作戦を思いついた。詭計《きけい》と言ってもよかろうな。要するに、相手を騙《だま》すことになるので、公明正大な方法とは言えぬ。ちと気が咎《とが》めるというのか、躊躇《ためら》う気持ちがあるのだが」

「毒を以《もっ》て毒を制すと考えればよいのではないでしょうか」

「なるほど、毒を以て毒を制すのだと考えると、気が楽になるな。では、話そうか。私が考えた詭計は、こういうものだがな――」


路地を次々と、棒手振の行商人が通る。

前栽《せんざい》売りの次は魚屋で、その次は豆腐屋だった。

「お饅頭があるよ、一緒に食べよう」

お松が、路地を歩いている女の子に声をかけた。

女の子は目を輝かせ、土間に入ってくるや、上がり框に腰をかけた。

お松が米饅頭を見せる。

「え、どうしたの」

「春更さんにもらったの」

「あら、春更さん、こんなところで油売っているの」

女の子が小生意気なことを言った。

春更は長屋の子どもたちに人気がある。いつもであれば、春更がなにか言い返し、それにさらに子どもが言い返して笑いが巻き起こるところだった。だが春更は伊織の話に聞き入っているため、振り向きもしない。

お松と女の子は饅頭を頬張りながら、さっそくおしゃべりをはじめた。伊織や春更にはまったく関心がないようだ。

「う～ん」

春更は伊織の話を聞き終えると、大きく嘆息した。

続けて、意気込んで言う。

「まさに詭計ですね。きっと、うまくいきます。ぜひ実行すべきです」

「しかし、肝心なのは、誰が実行するかだ。

私は一介の町医者にすぎぬ。伊之吉どのとお富どのを引き据《す》え、尋問する権限などない。

そなたにしても、役人ではないからな。

以前、そなたは武家のいでたちをすることで相手に勘違いをさせ、話を聞きだしたことがあった。だが、今回はその手は使えまい。伊之吉どのもお富どのも、かつてお奉行所に召喚され、お白洲に座っている。そして、見事に切り抜けた。それだけに、ふたりはしたたかだぞ」

「たしかに、そうですね。では、どうしたらよいでしょうか」

「私は、同心の鈴木順之助さまと、岡っ引の辰治親分に頼んではどうかと思うのだがな。

しかし、鈴木さまは南町奉行所の定町廻り同心で、鎌倉町のあたりは受け持ちの区域ではあるまい。そもそも遠州屋の跡継ぎ問題は、北町奉行所に持ちこまれたのだからな。

となると、鈴木さまも親分も動きにくいかもしれぬ。

そのあたりの町奉行所の仕組みは、私もよく知らぬので、どこにどう頼めばよいのか、見当もつかぬ」

伊織は渋い顔をする。

春更がポンと膝を打った。

「わかりました。この際、兄の武吉郎《ぶきちろう》に頼みましょう」

「そなたの兄上は、北町奉行所の与力だったな。しかし、まさか現職の与力を、こうした詭計に巻きこむことはできまい」

「じつは、霜枝さんの葬儀で、兄と顔を合わせたのです。わたしとしては煙《けむ》ったい、できれば避けたい相手だったのですが、考えてみると、兄は当然出席しますよね。迂闊《うかつ》でした。

初め、わたしは気づかぬふりをしていたのですが、兄のほうから声をかけてきましてね。となると、知らぬ顔もできませんから。

『鎌三郎ではないか。どうしておるのか』

『兄上、おひさしぶりです。まあ、戯作のほうを、はい』

『たまには屋敷に顔を出すがよい』

『はい、近いうちに』

と、まあ、こんなやりとりだったのですが、わたしは近いうちに顔を出すと答えました。

そんなわけですから、さっそく顔を出してきます」

伊織は思わず笑ったが、やはり不安は払拭《ふっしょく》できない。

だが、春更はもう、その気になっている。

「兄には調整をやってもらうつもりです。もちろん、北町奉行所と遠州屋のかかわりは、最初からすべて話さざるをえませんが。

そして兄に、鈴木さまと親分が動けるようにしてもらいましょう。つまり、北町奉行所に目をつぶってもらうのです。

わたしが自分の問題で相談を持ちかければ、兄は、

『そんなことは自分で始末しろ。そなたは佐藤家の面汚《つらよご》しじゃ』

と激怒し、一蹴《いっしゅう》するはずです。

とにかく、役人根性の塊のような人間ですから。

しかし、霜枝さんの件ですからね。霜枝さんは父の友人でした。わたしが、

『霜枝さんのためは、父上のためでもあります。兄上、どうかお願いします』

と頼めば、兄もいやとは言えないはずです」

「ふうむ、そうか。そなたの兄上に頼み、根まわししてもらうという手があったな。うむ、それしかないかもしれぬ」

伊織も同意した。

お松と友達の楽しげなおしゃべりは、まだ続いている。

第四章　鎌倉河岸

一

永富町《ながとみちょう》は鎌倉河岸から北にやや入ったあたりである。

裏長屋の入口の木戸門を見通せる場所で、岡っ引の辰治は儀兵衛《ぎへえ》と立ち話をしていた。

いつになく辰治は低姿勢だが、相手の儀兵衛は一帯を縄張りとする岡っ引だからだ。

「わっしが手札をもらっている、北町奉行所の同心の旦那からも、おめえさんに力を貸すよう言われていますぜ。遠慮はいりやせん。相身互《あいみたが》いでさ」

儀兵衛が言った。

辰治は殊勝に頭をさげる。

「よろしくお頼み申しやす。わっしは口出しも手出しもしやせんが、いちおう見届けさせてもらっても、かまいやせんかね」

「もちろんでさ。子分に広七《こうしち》を見張らせていますから、そのうち知らせてくるでしょう」

「鎌倉河岸で霜枝という隠居を刺したのは、その広七という野郎なのですかい」

「年のころは二十二、三でしょうかね。もとは魚屋だったようですが、酒と博打《ばくち》と女郎買いで身を持ち崩し、あの長屋でくすぶっていますよ。なにかと噂のある男でしてね、わっしは以前から目をつけていたのです」

「呑む、打つ、買うの三拍子そろった道楽者ですかい」

「鎌倉河岸の人混みのなかで刺されたということなので、わっしは子分を使って聞き込みをやったのです。誰かが見ているはずと思ったのでね。

わっしの思ったとおり、やはり見ていた者がいましたよ。かかわりあいになるのが怖くて、口をつぐんでいたようですがね。

目撃した者の話によると、人相はなんとなく広七に似ているようなのですが、確証がない。そこで、広七の身辺を探ってみたのです。すると、博打で借金を抱えていたのが、つい最近、耳をそろえて返したことがわかりやしてね」

「なるほど、金で隠居殺しを請け負ったというわけですか」

「それに、広七は魚屋だっただけに、包丁の扱いは慣れていますからな」

辰治は、霜枝の傷は一か所で、しかも深かったと聞かされていたのを思いだした。

そこに、着物の裾を尻っ端折りした若い男が走ってきた。

「親分、広七の野郎、髪結床から長屋に戻るところですぜ。ひとりです」

「よし。さあ、行きやしょうか」

儀兵衛がうながした。

辰治は最後の念を押す。

「刺された霜枝さんは病死したことになっていやしてね」

「そのあたりは同心の旦那に聞かされ、わっしは百も承知でさ。広七の野郎は人殺しで召し捕るわけにはいきやせん。その分、痛めつけてやりやすよ」

儀兵衛がニヤリと笑った。

＊

広七が入口の腰高障子を開けようとしたところ、路地を歩いてきた子分が声をかけた。

「おや、広七さんじゃねえか」

「え、誰でえ、おめえさん……」

広七が声のしたほうを向き、相手の顔を確かめる。

路地の反対側から歩いてきた儀兵衛がすっと近づくや、いきなり十手でビシッと右の肘を打ちすえた。相手が刃物を持っていることを考え、利き手を使えなくしたのだ。

「ううっ」

広七が思わず痛みに背中を丸めるところ、儀兵衛と子分が組みつき、そのまま家の中に押しこんだ。

見事な手際である。

辰治は黙って三人のあとに続き、入口の腰高障子を閉めた。

中は四畳半に、板敷のせまい台所がついているだけだった。家財道具もほとんどない、殺風景な部屋である。

儀兵衛と子分は広七を部屋に引きずりあげ、畳の上に乱暴に放りだした。

そして、倒れている広七を左右から、儀兵衛と子分が無言で全身を蹴りつけ、踏みつける。

広七は抵抗することもできず、かろうじて両手で顔面をかばうだけだった。

（ほう、なかなかやるな）

辰治は土間に立ってながめる。土間に立っているのは、誰かが腰高障子を開けて中をのぞこうとするのを防ぐためだった。

「おい、てめえ、少しは身に染みたか」

いったん蹴りつけるのをやめ、儀兵衛が荒い息をしながら言った。

広七はもう虫の息である。

儀兵衛がそばにしゃがみ、十手で広七の頰をピタピタと叩いた。

「てめえが鎌倉河岸で刺した隠居は死んだぜ」

「えっ、いえ、あっしは殺すつもりはなかったんで」

「じゃあ、どういうつもりで刺した」

「ちょいと怪我をさせればいいと言われたものですから」

「ほう、誰の指図だ」

広七は一瞬、しまったという表情になった。

あとは、歯を喰いしばり、黙っている。歯を喰いしばっているのは、また蹴られるのを予期しているからであろう。

結ったばかりの髷はバラバラになっていた。

儀兵衛はしゃがんだまま静かに言った。

「てめえが刺した隠居は、あいにく死んだ。てめえは罪もない年寄りを殺したことになるな。物盗りが狙いだったか、足を踏まれて腹が立ったか、理由はわっしがいくらでもこしらえてやる。

さて、てめえを自身番にしょっ引き、お奉行所のお役人に引き渡せば、死罪になるだろうな。つまり、首を斬られる。

だが、てめえ次第では、見逃してもいいぜ。わっしがちょいと目を離した隙《すき》に逃げられたことにしよう。どうだ」

広七は無言だった。

さすがに、すぐには飛びつかない。頭の中で懸命に考えているようだ。

儀兵衛が言葉を続ける。

「わっしは、てめえのような雑魚はどうでもいい。もっと大物を捕らえて手柄を立てたいのよ。わかるか。

てめえに隠居を刺すよう頼んだのは誰だ。それを言えば、てめえは見逃してやる。それとも、名前を言わないまま、神妙に首を斬られるか。さあ、どっちだ」

「ほ、本当に見逃してくれるんですかい」

「約束しよう。あちらにいる辰治さんが証人だ」

儀兵衛が土間のほうを指さす。

辰治は重々しくうなずいた。

「てめえに頼んだのは誰だ」

「西川屋《にしかわや》という駕籠屋の親方です」

「ほう、鎌倉町の西川屋の主人の良兵衛《りょうべえ》か。なるほどな、意外ではねえぜ。

約束どおり、てめえは見逃してやるが、一札を書いてもらうぜ。てめえがろくに字を書けねえのはわかっているから、代筆してやる」

儀兵衛はふところから用意していた矢立と紙を取りだし、広七の供述を書いていく。

書き終えると、辰治に言った。

「この野郎に、読み聞かせてやっておくんなさい」

「わかりやした」

辰治が受け取ると、そこには、

鎌倉町の西川屋良兵衛に金で頼まれ、○月○日、鎌倉河岸で隠居を包丁で刺した。広七。


という意味のことが書かれていた。なかなかの達筆である。

辰治が読み聞かせると、儀兵衛が広七に言った。

「間違いないか」

「へい」

「じゃあ、爪印《つめいん》を押せ」

儀兵衛が広七の指先に墨を塗り、供述書の名前の下に爪判《つめばん》を押させた。

一札を丁寧に折りたたみ、ふところにおさめたあと、儀兵衛が言った。

「では、約束どおり、わっしらは引きあげる。てめえは、好きにしな。

ただし、これだけは忘れるなよ。てめえは放免されたわけじゃねえぞ。わっしの隙をついて逃げだしただけだ。もし、次にてめえの姿を目にすると、わっしも召し捕らざるをえない。そのときは、お目こぼしはなしだ。召し捕られたくなかったら、鎌倉町や永富町には二度と足を踏み入れるな。

わかったか」

「へい、親分、よくわかりやした」

平伏している広七を残し、三人は路地に出た。

長屋の木戸門を出て、永富町の通りを歩きながら辰治が言った。

「儀兵衛さん、おめえさんのお手並みには、ほとほと感服しやしたぜ」

「おめえさんにそんなことを言われると、穴にも入りたい気持ちですぜ。おめえさんの手柄はこれまで、たくさん聞いていやすからね」

辰治はさすがに照れている。

通りの両側には、土をこね、壺などを作っている家が目立つようになった。

儀兵衛が解説した。

「このあたりは永富町三丁目ですがね、土器職人が多いので、土物店《つちものだな》と呼んでいやすよ」

「ほう、そうでしたか。

さて、これから、どういう段取りですかい」

「鎌倉町の西川屋に行き、良兵衛の野郎を締めあげやしょう。この一札を突きつければ、良兵衛も言い逃れはできやせんよ」

儀兵衛は片手で、広七の供述書をおさめたふところを叩いた。

ふと、思いついたようである。

「待てよ、西川屋に押しかけると、良兵衛も奉公人の手前があるので、白状しにくいかもしれませんな。

よし、子分を使って、鎌倉河岸あたりに呼びだしましょう」

「うむ、それがいいですな。そして、良兵衛にも一札を書かせるわけですか」

「そういうことに、なりますな。ただし、今度はわっしが代筆しなくてもいいでしょう。駕籠屋の主人ともなれば、字は書けるでしょうから」

「それは手間がはぶけていいですな」

ふたりは愉快そうに笑う。

あとから、儀兵衛の子分が肩で風を切るようにして歩いている。岡っ引の子分を、まるで誇示しているかのようだ。

辰治はこれから、人から親方と呼ばれている良兵衛を追いつめ、平身低頭させるのを想像すると、ゾクゾクする気分だった。

もちろん、実際に追及するのは儀兵衛であり、自分ではない。しかし、傍観しているだけでも充分に堪能《たんのう》できるはずだった。

二

鎌倉河岸を、南町奉行所の同心の鈴木順之助が悠然と歩いていた。

髷は小銀杏《こいちょう》に結っている。小紋の着物に、竜門の裏のついた三ツ紋付の黒羽織を着て、袴はつけない着流し姿だった。

やや下のほうに帯を締め、大刀は落とし差しにしている。脇差の横には、朱房《しゅぶさ》の十手を差していた。足元は白足袋に雪駄である。

鈴木に従う岡っ引の辰治は、縞の着物を尻っ端折りし、紺の股引を穿いていた。十手はふところにおさめているので、外見からは目立たない。足元は黒足袋に草履だった。

最後に、挟箱をかついだ中間の金蔵が従っている。

鈴木のいでたちを見ればすぐに「八丁堀の旦那」とわかるため、すれ違う男女はみな、三人の一行に道を譲り、軽く頭をさげた。

そんななか、鈴木はことさらに雪駄をチャラチャラと鳴らして河岸場を歩く。

「旦那、先生と春更さんがいやすぜ」

辰治が指さした。

河岸場の片隅に、沢村伊織と春更が立っている。

鈴木が声をかけた。

「いよいよですな。では、行きましょうか」

伊織と春更が合流して、一行は五人となった。

八丁堀の旦那を先頭にした総勢五人の一行に、行き交う人々は驚きの目を向けていた。いったい何事かと驚いているに違いない。

五人が向かう先は、やはり鎌倉河岸にある船宿である。

船宿の入口に来ると、女将が飛びだしてくるや、

「お待ちしておりました」

と、腰を折った。

辰治が小声で言う。

「遠州屋の伊之吉とお富は来ているか」

「へい、さきほどから、お待ちになっておられます」

「旦那、ふたりは首を洗って待っているようですぜ」

辰治が鈴木に言った。

鈴木が最終的な決断をする。

「よし、打ちあわせどおりにやるぞ。北町奉行所の許しも得ておる。なんの憚《はばか》るところもない。

では、いくぞ」

みなは船宿の土間に入ると、履物を脱いで板敷にあがった。

鈴木と辰治、伊織、春更はそのまま階段をのぼって二階に向かうが、金蔵は階段下に残った。

二階の座敷は八畳ほどだった。この船宿でもっとも広い座敷で、辰治が予約していたのである。

＊

座敷には遠州屋の伊之吉とお富がいたが、ふたりの前には茶も煙草盆もない。これも、辰治の指示だった。

伊之吉とお富は船宿に冷遇され、しかも待たされ、不安が高まっているに違いない。

座敷に入ると、鈴木は当然のように上座に座った。そばに辰治、伊織、そして春更が座る。

下座にかしこまっている伊之吉とお富に向かい、鈴木が言った。

「遠州屋の番頭の伊之吉、乳母のお富じゃな」

「さようでございます」

ふたりが平伏した。

鈴木が言い放つ。

「本来であれば、そのほうらふたりを自身番、あるいは奉行所に呼ぶところだが、跡継ぎの孝太郎が死去し、喪に服していると聞いた。お上《かみ》にもお情けはあるぞ。そこで、船宿の二階座敷を借り、内々でそのほうらを尋問することにした」

「お心遣い、ありがとうございます」

伊之吉が神妙に述べたが、その目には不安が隠せない。

お富も同様、得体の知れない不安にさいなまれているようだ。

厳粛な声で鈴木が言った。

「伊之吉、そのほうが孝太郎を毒殺したという噂がある。じつに由々《ゆゆ》しきことである。孝太郎は、そなたの主人だった惣兵衛の子ではないか。

とすると、そなたは『主殺《しゆう》し』をしたに等しいぞ。主殺しは市中引廻しのうえ、小塚原か鈴ヶ森の刑場で磔《はりつけ》じゃ。覚悟はできておろうな」

「め、滅相《めっそう》もございません。もしそんな噂をしている人間がいたら、とんでもない邪推《じゃすい》、陰口のたぐいでございます。遠州屋の大切な跡継ぎを、あたくしが毒殺などするはずがございません」

「そうかな。かつて北町奉行の永田備後守さまが申し渡しになった判決も、拙者はちゃんと読んでおるぞ。

裁定によれば、孝太郎が十五歳になった時点で、そのほうは遠州屋を引き渡さなければならぬ。

これまで、主人代理の番頭として我が物顔に振る舞ってきたそのほうは、孝太郎に遠州屋を渡すのが惜しくなったのであろう。そこで、十五歳になる前に、いっそのことと、毒殺を企《たくら》んだのではないのか。

正直に答えないのであれば、拷問にかけても白状させるぞ」

伊之吉は真っ青になっていた。

震える声で言う。

「あたくしが孝太郎さまを毒殺するはずがございません」

「なぜ、『するはずがない』と言いきれるのじゃ。口先だけでは、なんとでも言えるぞ。そのほうが毒殺するはずがないと言い張るのなら、その根拠を示せ」

「そ、それは……」

伊之吉がちらと横目でお富を見た。

お富がささやく。

「もう、言っちまいな」

「し、しかし……」

「こうなったら、腹をくくるしかないよ」

お富の声は切迫していた。

鈴木が声を荒らげた。

「なにをこそこそ相談しておるのか、はっきりと申せ」

「は、はい。

では、恐れながら、本当のことを申しあげます。孝太郎さまはじつは、惣兵衛さまの子ではありません。あたくしの子でございます。

あたくしが、いずれ遠州屋の当主となる我が子を、毒殺などするはずがございません」

伊之吉の顔には汗が噴きだしていた。

「嘘偽りを申すな。苦しまぎれの言い逃れは許さんぞ」

鈴木は伊之吉を叱責しておいて、お富に向かって言った。

「そのほう、お奉行の備後守さまの前で、孝太郎は死んだ惣兵衛の子だとはっきり述べていたではないか。

ということは、伊之吉の言い分はまったくの偽りだな」

「いえ、本当でございます。あたしと伊之吉さんとの間にできたのが、孝太郎さまでございます。

あたしは、亡くなった惣兵衛さまとは一度も添い寝をしたことはございません」

「では、なぜ孝太郎が惣兵衛の胤などと、嘘を言ったのじゃ。初めから、きちんと説明せよ。返答次第によっては、そのほうも拷問にかけるぞ」

鈴木が目を怒らせて言った。

お富はすすり泣きながら語りだした。

「あたしと伊之吉さんは密会していたのですが、孕《はら》んでしまいました。そのことを告げると、伊之吉さんから、

『絶対に俺の名は出さないでくれ。もし知れると、俺は店を追いだされる』

と泣きつかれ、やむなくご新造のお勝さまに問い質《ただ》されても、あたしは黙ったままだったのです。

そのため、あたしのほうが店から追いだされる羽目になったのですが、伊之吉さんが、

『しばらく辛抱してくれ。そのうち、迎えにいく。月々の生活費も送るから』

と必死に言うので、あたしは滝野川村に戻って、赤ん坊を生んだのです。

伊之吉さんからは毎月、金三分が届けられておりました。

そのうち、思いがけなく、旦那さまの惣兵衛さまがぽっくり亡くなってしまったのです。知らせてきたのは伊之吉さんです。

そのとき、伊之吉さんが、

『絶好の機会だ。この機会を利用して、ひと芝居打とう。そうすれば、おめえや生まれた子は安楽に暮らしていける』

と、あたしを、そそのかしたのです。

それで、あたしは孝太郎を抱いて遠州屋に駆けこんだのでございます」

聞き入っていた伊織と春更は、ひそかにため息をついた。

辰治は口を差しはさみたいのを、懸命におさえているようだ。

鈴木がおもむろに口を開いた。

「生みの親が言うのだから、いちばんたしかだ。おい、いまお富が言ったことに間違いないか」

「はい、相違ございません」

伊之吉が平伏する。

「たしかに孝太郎が伊之吉の胤だとしたら、毒殺するなど考えられぬな。孝太郎が十五歳になり遠州屋の主人となった時点で、伊之吉は実父、お富は実母と名乗り出ることができようからな」

鈴木は言い終えると、船宿に筆と硯《すずり》、紙などを用意するよう命じた。

筆記具と紙が届くと、ふたりに渡した。

「お奉行にお見せし、裁定していただくには文書が必要じゃ。そのほうらが申したことを書け」

それぞれが、

遠州屋の跡継ぎだった孝太郎は、番頭の伊之吉が手代、乳母のお富が女中だったとき、ふたりのあいだにできた子で、お富が滝野川村で出産した。主人である惣兵衛が急死したあと、孝太郎を惣兵衛の胤と偽って遠州屋に連れてきた。よって、孝太郎は惣兵衛の胤ではなく、伊之吉の胤である。


という意味のことを書き、最後に署名した。ただし、お富の書いたものは平仮名が多かった。

鈴木は受け取り一読したあと、命じた。

「印を押せ」

伊之吉は財布から印判を取りだし、署名のあとに捺印した。

お富は署名のあとに爪印をした。

ふたりの証文を受け取り、鈴木が言った。

「よし、もうこれでふたりとも、言いわけも、言い逃れもできぬぞ。辰治、頼むぞ」

「へい、かしこまりやした」

待ちかねたように、辰治が勢いよく立ちあがった。

辰治が隣室との境の襖を開け放つと、遠州屋の後家のお勝と町役人が端座《たんざ》していた。

伊之吉とお富は隣室ですべて聞かれていたことがわかり、愕然としている。

その後ふたりは、自分たちの企《くわだ》てがいまや完全に潰《つい》えたことを悟り、放心状態になっていた。

鈴木がお勝と町役人に声をかけた。

「すべて聞きましたな。証文もありますぞ」

「はい、委細《いさい》洩《も》らさず聞きましてございます」

ふたりが答えた。

伊織はお勝をながめながら、年齢にもかかわらず美しいなと驚いた。髪は後室髷に結い、着物も後家らしく地味だった。だが、色白な肌は張りがあり、若々しい。正座した姿勢も凛《りん》としている。鈴木に対して答えた声も落ち着きがあり、教養を感じさせた。

（霜枝さんが心惹かれたのも、わからないではないな）

伊織はかすかに胸苦しさを覚えた。

「さて、お勝どの、このふたりを、どうしますかな。遠州屋を、いや世間を長年、騙し続けてきた不逞《ふてい》の輩ですぞ。伊之吉は番頭、お富は乳母で、ともに遠州屋の奉公人です。煮てもよし、焼いてもよし、好きなように料理できますぞ」

鈴木が厳粛に言った。

お勝がおだやかに答える。

「あたしは、ふたりが罰せられるのは望んでおりません。遠州屋から出ていってもらえば、それで充分でございます」

「そうですか。では、お勝どのから、ふたりに言い渡してくだされ。町役人が証人ですぞ」

お勝が、伊之吉とお富を見すえた。

「ふたりには遠州屋から出ていってもらいます。今日中は無理だろうから、明日のうちに、荷物をまとめて出ていきなさい。以後、二度と遠州屋の敷居をまたぐことはなりません」

「申しわけございません」

ふたりは平伏し、ともに泣いていた。

辰治が鈴木に言った。

「旦那、わっしもちょいと、出しゃばってよろしいですかね」

「ああ、かまわんぞ」

辰治が、ふたりが顔を伏せて座敷から出ていこうとするのを呼び止めた。

「おい、伊之吉、ちょいと待ちな。そこへ座れ」

不安げな伊之吉の前に辰治がどっかと座り、ふところから二枚の紙を取りだし、突きつけた。

一枚は、広七の供述である。

もう一枚は、西川屋良兵衛の供述書で、

遠州屋の番頭伊之吉に金を渡され、鎌倉町で遠州屋のことを聞きまわっている老人を脅して、追い払うよう頼まれた。そこで、かねて半端仕事に使っていた広七に金を渡し、老人をちょいと痛めつけるよう命じた。広七が刃物で刺すなどは夢にも思っていなかった。

という意味のことが自筆で記されていた。最後に署名、捺印がある。

読み終えた伊之吉の身体は、瘧《おこり》のように震えていた。自分が置かれた状況がわかったのであろう。

「これがどういうことか、わかるよな。てめえも、ずいぶん悪どいことをするじゃねえか。悪知恵が働くだけではねえな」

「まさか刃物で刺すとは思っていなかったものですから」

「ほう、そうかい。遠州屋の後家さんの情ある処置で、てめえは追いだされるだけで済んだ。ところが、この証文だ。おい、一難去ってまた一難とは、このことだぜ」

辰治がからかうように言った。

続いて、鈴木の許可を求める。

「旦那、この伊之吉の野郎はどうしやしょうか。召し捕って、小伝馬町の牢屋に放りこみますか」

「おい、辰治、奉行所の仕事を増やさんでくれよ。その男も、懲りたのではないか。まあ、ここは大目に見てやれ」

「へい、わかりやした。

聞いてのとおりだ。お役人がああ言ってくださっているので、ここは見逃そう。てめえが遠州屋を出てから、わっしはこの二枚の証文を受け取ったことにしようぜ。その後、あわてて、てめえを追ったが、あとの祭りだったということになるな。

おい、これがどういうことか、わかるか。

今後、てめえを見かけたら、わっしは召し捕らざるをえないってことだ。いいな、召し捕られるのが嫌なら、鎌倉町界隈には二度と足を踏み入れないことだ」

辰治は、岡っ引・儀兵衛の論法をさっそく応用していた。

打ち萎《しお》れた伊之吉が去ったあと、お勝が遠慮がちに口を開いた。

「鎌倉河岸でご老人が刺されたという噂は耳にしていたのでございますが、もしかして、霜枝さまというお方ではなかったでしょうか」

「そのとおり、霜枝さんでさ。おめえさん、知りあいだったのかい」

辰治がなんとも気楽な口調で言う。

お勝の顔からさっと血の気が引いた。ぐらりと身体が揺れる。

隣にいた町役人がとっさに手で支えなければ、お勝はその場に倒れていたかもしれなかった。

＊

船宿を出て歩きながら、春吏が辰治に言った。
「霜枝さんの殺害にかかわったのは三人ですか」
「そうです。遠州屋の番頭の伊之吉、駕籠屋・西川屋の親方の良兵衛、やくざ者の広七という流れでしょうな
伊之吉は誰かから、遠州屋を探っている隠居がいると聞かされ、警戒したのでしょうな。殺害を指示した覚えはないというのは、本当だと思いますよ。ちょいと脅して、怖がらせるつもりだったのでしょう。そこで、西川屋の主人である良兵衛に頼んだのでしょうな。

岡っ引の儀兵衛によると、良兵衛はいろんな汚れ仕事を引き受けている野郎だそうでしてね。まあ、このあたりのちょいとした顔役のようです。伊之吉から頼まれた良兵衛は、まさか自分が動くわけにはいかないので、広七という下っ端に頼んだのです。これが間違いのもとでしたな。

おそらく、

『爺ぃをちょいと脅しつけ、このあたりに二度と現れないようにしてやれ』

くらいの言いかたをしたのでしょうがね。

ところが、広七という頓馬《とんま》野郎は、なにをとち狂ったのか、鎌倉河岸の人混みのなかで、後ろから包丁で霜枝さんを刺してしまった。

しかも、刺されたところが悪かったため、あえなく霜枝さんは死んだ。

と、まあ、こういうことでしょうな」

不運や誤解が重なった結果かもしれない。

しかし、春更としては釈然としないようだ。

「三人に対する罰ですが……」

「広七の野郎は、いわゆる所払《ところばら》いですな。そのうち、またぞろ、けちな罪で召し捕られるでしょうよ。それとも、野垂れ死にか。どうせ、ろくな死にかたはしませんよ。

西川屋の良兵衛はとくにお咎めなし、つまり見て見ぬふりをしてやったわけですが、岡っ引の儀兵衛からすれば恩を売ったことになります。つまり、良兵衛は儀兵衛に金玉を握られたというわけですな。これからは、良兵衛も少しはおとなしくなるでしょう。

大元の伊之吉は、春更さんも見たとおり、遠州屋を追いだされました。さあ、これからどうするのでしょうな。お富とふたりで、細々と商売でもして生きていくのか。それとも金の切れ目が縁の切れ目になって、ふたりは別れ、それぞれが落ちぶれていくのか。

そもそも霜枝さんは病死したことになっているのですから、三人に対する処罰はこれがせいぜいですぜ」

辰治がきっぱりと言う。

伊織はそばで聞きながら、春更としても納得せざるをえないであろうな、と思った。

伊之吉や良兵衛、そして広七に「霜枝は病死」という公式発表を知らせないのは、岡っ引の辰治と儀兵衛の絶妙な知恵と言うべきかもしれない。要するに、三人を牽制し続けることができるのだ。

三

両国橋を渡って隅田川を越えながら、

「やはり、思ったとおりだったな」

と、岡っ引の辰治は満足げにつぶやいた。

子分の亀吉《かめきち》が言った。

「え、親分、なにか言いやしたか」

「佐助の野郎のことさ。わっしは川向こうだと踏んでいたんだが、やはりそうだったよ」

江戸市中の人間が「川向こう」というときは、隅田川の東側である本所や深川をさした。

下谷広小路の曽我屋の二階座敷で、お粂と政次郎を殺害して逃亡した佐助について、辰治は川向こうに隠れ住んでいると推理していたのだ。

自分の勘があたり、まんざらではない気分だった。

そもそも佐助の行方を探索するについては、腹部の八寸ほどの傷跡を特徴として回状をまわしたが、これも大当たりだった。本所を縄張りとする岡っ引から、「本所緑町の湯屋で、それらしき男を見かけた」という連絡があったのだ。

その連絡を受け、さっそく辰治は亀吉を連れて向かっているところだった。両国橋を越えてしばらく行くと、回向院の壮大な伽藍《がらん》が目に入る。門前には多くの屋台店が並び、にぎわっていた。

辰治と亀吉は回向院の門前を右に折れ、まっすぐ進むと、掘割の竪川《たてかわ》に突きあたった。

あとは、竪川沿いの道を、東方向に歩く。

道の右側は竪川に面した河岸場が続いている。左側はにぎやかな町家が続き、本所相生町《ほんじょあいおいちょう》、そして本所緑町《ほんじょみどりちょう》となる。

「親分、佐助の野郎の住まいはわかっているのですかい」

「気をきかせて、あとをつけてくれたようでな。住んでいる長屋までわかっている」

「ずいぶん、手際がいいですね」

「岡っ引の子分ともなれば、それくらいはやるのがあたりまえだ」

「へへ、耳が痛いですね」

竪川には荷舟がひっきりなしに行き交っていた。

河岸場では停泊した舟から樽や俵などの荷がおろされ、大勢の人足が立ち働いていた。

あちこちから、行商人の呼び声が伝わってくる。

「親分、このあたりから本所緑町ですぜ」

「よし、じゃあ、てめえ、『後家長屋』はどこかと、人に聞いてみてくれ」

「後家長屋と言うのですか。後家がたくさん住んでいるのですかね。となると、訪ねるのが楽しみですぜ」

「大家が後家なのじゃねえか。おそらく梅干婆ぁだぜ」

「なんだ、色気のない長屋ですね。とりあえず、人に尋ねてきますよ」

亀吉があちこちの商家で聞きまわり、やがて戻ってきた。

長屋の入口の木戸門を前にして、辰治はちょっと考えた。

佐助はかなり用心しているはずである。警戒させてはならない。

「わっしが路地を歩くと目立つからな」

「たしかに、親分の人相はよくないですからね」

「よけいなお世話だ。

よし、てめえがひとりで、それとなく見てこい。てめえは知恵のなさそうな顔をしているから、ちょうどよいぞ」

「親分、知恵がなさそうは、ないでしょうよ」

「つまり、人がよさそうに見えるってことだ。とくに後家さんなんぞは信用してくれそうだ。

おい、間違っても『佐助』は口にするなよ。最近越してきた仕立職人と言えばいい。おそらく名前は変えているだろうからな。

もし気づかれたと思ったら、すぐに走って逃げてこい。相手は刃物を隠し持っているかもしれないからな。無理はするなよ」

「へい、では」

亀吉が木戸門を抜け、路地を奥に入っていった。

辰治が木戸門のそばに立っていると、天秤棒で荷をかついだ行商人が路地を次々と出入りする。表通りよりは、こうした裏長屋の路地のほうが、商売の効率がよいのであろう。

しばらくして、亀吉が戻ってきた。

「それらしい野郎は住んでいます。あっしが様子をうかがっていると、近所の婆さんが、

『ついさっき、湯へ行ったようだよ』

と教えてくれました。どうしやすか、長屋で待ち受けますか、それとも湯屋に行きやすか」

「しかし、湯屋の場所がわからぬからな」

「そのへんは、抜かりはありやせんよ。町内の湯屋の場所も聞いてきました」

「ほう、てめえ、気が利くな。よし、湯屋なら刃物を持っていないはずだ」

ふたりは湯屋に向かう。

＊

「中に踏みこんで、へのこをぶらさげたままの野郎を捕らえるのがいちばん簡単だがな。もし暴れたら、金玉をひねればいい」

湯屋を前にして、辰治が言った。

亀吉が乗り気になる。

「それは、あっしにやらせておくんなさい。金玉を握り潰すってのを一度、やってみたいと思っていたものですから」

「ようし、てめえにまかせよう。

しかし、考えてみると、湯屋で騒動を起こすのも気が引けるよな。いろいろ手伝ってくれた地元の岡っ引の顔を潰したら、あとが面倒だからな。う〜ん。

そうだ、てめえ、湯に入ってこい」

「ひとりは心細いので、親分も一緒に来てくださいよ」

「ふところに十手や捕縄があるから、着物を脱いだときに、すぐに岡っ引とわかってしまう。

てめえ、ひとりで行け。

といっても、のんびり湯に浸かっているんじゃねえぞ。腹の傷跡を確かめたら、顔を覚えろ。それと、念のために脱衣棚に刃物がないかどうかも調べろよ。そして、佐助より早く外に出てこい」

「親分、かなり無茶な注文ですぜ。だいいち、あっしは銭《ぜに》がないんですよ。持ちあわせているのは小粒金《こつぶきん》だけですから」

亀吉がぬけぬけと言った。

小粒金は一分金のことである。

辰治が財布から十文を取りだし、亀吉に渡した。

「まったく、しょうがねえやつだな。湯銭《ゆせん》もねえのか。さあ、さっさと行ってこい」

「親分、手ぬぐいもありませんでね」

「手間のかかる野郎だな」

辰治はふところから、きちんと折りたたんだ豆絞りの手ぬぐいを取りだした。

亀吉に手渡しながら、憤懣《ふんまん》やるかたないように言う。

「まだ下《お》ろしたてだが、てめえにくれてやる」

「へへ、親分、ちゃんと洗って、お返ししやすよ」

「返さなくってよい。てめえの股座《またぐら》をふいた手ぬぐいで、顔がふけるもんか」

「では、ありがたく頂戴します」

亀吉は笑いながら、紺地に「男湯」と白く染め抜かれた暖簾をくぐり、中に入っていった。

「思ったより早かったな」

辰治が、湯屋から出てきた亀吉に言った。

「あっしが着物を脱ぎかかったところで、洗い場にいる男が晒木綿の腹巻をしているのに気づきましてね。

野郎め、傷跡を隠すため、腹巻をしているに違いないと睨《にら》みました。

自分では工夫《くふう》したつもりでしょうが、湯船に浸《つ》かる前はともかく、いったん湯船に浸かったらもう駄目ですぜ。晒木綿が濡れて、透けて見えるのですよ。

腹に傷跡がありやした。八寸くらいあるかもしれやせん。もう、佐助に間違いないですぜ。

見ていると、野郎が着物を着はじめたので、あっしは、いったん脱ぎかけた着物をあわてて着て、出てきたってわけでさ。おかげで、湯に浸かる暇もありやせんでしたよ」

「まあ、ご苦労だった」

辰治が苦笑する。

亀吉がささやいた。

「親分、やつですよ」

濡れた手ぬぐいを右手にさげ、ぶらぶらさせながら佐助が歩いてくる。

その足取りからは、しばらく前に腹部を二十一針も縫う手術を受けた人間とはとても思えない。とりもなおさず、沢村伊織の手術が成功だったことの証であろう。

辰治が前に立ちふさがった。

「ちょいと待ちな」

佐助は身をひるがえして逃げようとする。

しかし、背後から亀吉が組みついた。

「うう、放せ」

佐助が振りほどこうとするところ、辰治が十手で、首の付け根あたりを打ち据《す》える。

ビシと鈍い音がした。

佐助は低くうめき、抵抗をやめた。

「道の真ん中じゃあ目立つ。あそこにしよう」

辰治が指示し、道の端に置かれている天水桶のそばに佐助を連れていった。

天水桶の上には手桶が積まれている。手桶にかぶせた屋根形の板には、「本所緑町二丁目」と書かれていた。

「てめえ、佐助だな」

「違います、あたしは久蔵《きゅうぞう》という者でして。親分、なにかのお間違いです」

「間違いかどうか、確かめればわかる。

おい、亀、かまうことはねえ、この野郎を素っ裸にしろ」

「あいよ」

亀吉が強引に帯を解いていく。

佐助の目には恐怖があった。

辰治が十手で佐助の頬をピタピタと叩いた。この威嚇は、岡っ引の儀兵衛から学んだことである。

「べつに、へのこを検分しようというわけじゃねえ。あいにく、てめえのへのこに興味はねえからな」

亀吉が着物もはいでしまった。

晒木綿の腹巻はまだ湿っているので、傷跡が透けて見える。

「おい、腹巻も外してしまえ」

「へい。ふんどしはどうしましょうか」

「ふんどしは、そのままにしておいてやれ。縮んだへのこと金玉なんぞ、見たくもねえや」

亀吉が晒木綿をはぎ取ると、傷跡があらわになる。湯に温まったせいか、線があざやかに見えた。

初めて目にする大きな傷跡に、辰治は少なからず驚いた。

「ほう、すごいもんだな」

「ああ、この傷跡ですか。

あたしは百姓の家に生まれたものですから。子どものころ、牛に角で突っかけられまして大怪我をしたのです。どうにか命拾いしたのですが、この傷跡が残りました」

「人間、切羽《せっぱ》詰《つ》まると、いろんな言いわけを考えるものだぜ」

辰治が笑った。

佐助は必死の形相で言った。

「いえ、本当です。親分、信じてください」

「では、沢村伊織先生に傷跡を見てもらおうか」

「え……」

「てめえのこの腹の傷を縫いあわせた、蘭方医の先生だよ。内田屋で死にかかっていたのを、助けてもらったのだぞ。忘れはしめえよ。首実検《くびじっけん》ならぬ腹《はら》実検をしてくれと言えば、先生は飛んでくるはずだぜ。もう、すべてわかっているんだ。無駄な言いわけはよしな」

佐助ががっくりと肩を落とした。

ついに観念したようだ。

「てめえ、佐助だな」

「へい」

「下谷広小路の曽我屋の二階で、内田屋の女房だったお粂を殺し、そのあと男も殺したな」

「へい」

「てめえは知らなかったろうから、教えてやろう。てめえが殺した男は、下谷茅町にある、南部屋という傘・下駄屋の倅の政次郎だ。顔を叩き潰したり、腹に傷をつけたりと、いろいろと知恵を絞って工作をしたようだが、あいにくだったな。すべて、お見通しだぜ。

おい、亀、着物を着せてやれ。まさか、ふんどし一丁の姿で、下谷広小路の自身番まで引っ張ってもいけねえぜ」

佐助が着物を着終わると、亀吉が言った。

「親分、この腹巻はどうしましょうね」

「そうだな、本来なら捕縄をかけるところだが、せっかくだから、その腹巻で縛るか」

「へい。しかし、なんだか、越中ふんどしを巻きつけているようですぜ」

辰治と亀吉は、晒木綿で縛られた佐助を見て笑った。

うつむいた佐助の鼻から、鼻水が垂れていた。

そんな佐助に、辰治が声をかけた。

「てめえはぱっくり裂けた腹を沢村先生に縫いあわせてもらい、助かったわけだな。もしかしたら、首を斬られても、沢村先生に縫ってもらえばいいと、高を括《くく》っているのじゃねえか。残念だが、そうはいかねえぜ」

おそらく佐助は獄門に処せられるであろう。

小伝馬町の牢屋敷内の死罪場で斬首となったあと、首は小塚原か鈴ヶ森の仕置場に運ばれ、獄門台の上に晒《さら》される。

「おい、知りたければ、てめえの首と身体がこれからどうなるか、自身番までの道々、くわしく話してやってもいいぜ」

辰治が真面目な顔で言った。

亀吉はニヤニヤしている。

四

鎌倉河岸を歩きながら、春更は軒を並べた商家を順に見ていった。先日も鎌倉河岸を歩いているが、そのときは商家をながめる余裕はなかった。

軒先に掛けられた看板に、

定飛脚問屋

油屋六左衛門

と書かれているのが目についた。

店の入口の暖簾には、紺地に白く、

あぶらや

と染め抜かれている。

（油屋は定飛脚問屋《じょうびきゃくどんや》なのか）

見ると、足元は脚絆《きゃはん》に草鞋《わらじ》履きの、いかにも屈強そうな男たちが店に出入りしている。飛脚であろう。

春更は納得し、店先にいた丁稚に声をかけた。

「平吉という方を呼んでもらえぬかな」

「へい、どういうご用でしょうか」

「平吉さんに世話になった方から頼まれ、お礼を述べにまいった」

店先のやりとりが聞こえたのか、若い男が現れた。

紺色の前垂をしている。年齢は春更より年少であろう。

「へい、あたしが平吉でございますが、なにか」

「先日、店の前で老人が倒れたのを見て助け、手当てをしてやり、駕籠で送り届けてくれましたな」

「へい、へい。あたしも気になっていたのですが、ご隠居はその後、いかがですか」

「医者にも診せたのですが、刺された傷が思いのほか深かったようで、治療のかいなく、亡くなりました」

「え、お亡くなりになったのですか」

平吉の顔に驚きが広がる。

春更はいつまでも立ち話はできないので、店先に腰をおろした。

あらためて春更のそばに座った平吉が、

「お茶をお持ちしなさい」

と、丁稚に命じた。

「ご挨拶が遅れましたが、わたしは春更と申します。亡くなったご隠居は、霜枝といいましてね」

春更がふたりの号の漢字を説明した。

平吉はすんなりわかったようで、問い返すこともない。飛脚屋の奉公人だけに、文字の読み書きはかなりのもののようだ。

「あたしは手代の平吉と申します。

あのご隠居は霜枝という号だったのですか。ところで、霜枝さまはお武家のようでしたが」

「はい、じつは、わたしがまいったのも、そこでしてね。

武士の体面があり、町家の人混みのなかで刃物で刺されて死んだとは公表できないものですから、表向きは霜枝さんは病死として葬られたのです。

そんなわけですから、本来であれば、霜枝さんのご子息がこちらにまいり、お礼を申し述べるところなのですが、それが難しい。そこで、わたしが引き受けた次第です」

「ははあ、そうでしたか。

すると、霜枝さまとあなたさまは、どういうご関係ですか」

「死んだわたしの父と霜枝さんは、友人だったのです。そんなことから、わたしも霜枝さんと付き合いがあったのです。亡くなる直前にも話をしており、鎌倉河岸で怪我をしたことも聞きました」

「さようでしたか」

平吉はうなずきながらも、釈然としない表情をしている。

春更の身分をはかりかねているのであろう。

だが、武家がらみの事件とわかり、平吉も深入りはしないほうがよいと判断したようだった。立ち入った質問は遠慮している。

じつは、油屋の平吉に礼をしてほしいというのは、霜枝の遺言だった。苦しい息のもと、「礼をしないままでは、死んでも死にきれぬ」と述べた。それを受け、息子の柳沢左門は春更に頼んだ。かくして、春更が使いに立つことになったのだ。

そこに、丁稚が茶を持参した。

春更が懐紙の包みを取りだした。左門から託されたもので、二分金がふたつ、あわせて一両が入っていた。

「これは、霜枝さんのご子息からあずかってきました。お世話になったお礼でございます」

「いえ、そんなものをいただくわけにはまいりません」

平吉が辞退する。

「ご子息としては、自分がうかがうことができないお詫びの意味もあるようです。霜枝さんは死の間際まで、『油屋の平吉どのに礼を』と、繰り返していたようですぞ」

「さようでしたか」

平吉は感極まったのか、鼻をすすった。

ようやく紙包みを受け取る。

「ところで、霜枝さんを駕籠で送り届けていただきましたが、近くの駕籠屋ですか」

「町内にある、西川屋という駕籠屋です」

春更は内心、えっと叫んだ。

駕籠屋にもいちおう挨拶しようかと考えていたのだ。

しかし、考えてみると、遠州屋の伊之吉の意を受け、広七に霜枝を襲うよう命じたのが西川屋の主人の良兵衛ではなかったか。

刺された霜枝は、西川屋の人足によって八丁堀の屋敷まで送られたことになる。

（なんとも皮肉だな）

春更は駕籠屋に顔を出すのはやめることにした。

「では、これにて失礼しますぞ」

「あ、ちょいとお待ちください。お渡しする物がありました」

平吉があわてて立ちあがり、奥へ行った。

しばらくして戻ってくるや、春更に角頭巾を差しだした。

「霜枝さんがお忘れになった物です。『元気になったら、礼を述べにまいる』とおっしゃっていたので、あたしはそのときにお渡ししようと、あずかっておいたのです。

ご遺族にお返しいただけますか」

「はい、ありがとうございます。お届けしますぞ」

角頭巾を手に取った途端、春更は涙があふれそうになった。

*

遠州屋も鎌倉河岸に面している。

春更は店先で、

「霜枝さんにかかわりのある、春更と申す者です」

と自己紹介し、お勝に面会を申し入れた。

だいぶ待たされたあと、女中が現れ、

「お会いになるそうです」

と、あがるように言った。

女中に導かれ、店の奥に進む。

廊下を歩きながら、春更は商売繁盛の活気というより、なんとなく華《はな》やぐ雰囲気を感じ、不思議な気がした。見かける奉公人たちも、どことなく生き生きとしているようである。

（伊之吉とお富が放逐され、遠州屋は一新したのかな）

女中に案内されたのは、中庭に面した座敷だった。

お勝はひとりで座っていた。

「先日、船宿の二階でお目にかかりましたね」

「はい、さようです。わたしの父と霜枝さんは友人でした。そのほかにも、わたしは霜枝さんと深い縁があるのですが、そのことはあとで述べます」

女中が茶と、菓子を盛った高坏《たかつき》を持参した。

障子が開け放たれているので、よく手入れされた庭が見えた。松の緑が濃い。あちこちで、雀《すずめ》がしきりにさえずっていた。

「霜枝さまがお亡くなりになったと聞きました。霜枝さまが、お奉行所のお役人だったことは存じております。あたしごときが、八丁堀のお屋敷にお悔やみにまいるわけにもいかず、せめてお墓に手を合わせたいと願っておるのでございますが」

「そうですか。霜枝さんの墓は、深川の柳沢家の菩提寺にあります」

春更は寺の場所と名を告げた。

そのあと、言葉を続ける。

「そもそも、検疑会という集まりが発端になったのです。霜枝さん、わたし、それに先日、船宿にも来ていた沢村伊織という蘭方医の三人で結成した集まりでしてね」

検疑会結成の由来から、春更が語りはじめた。

春更の長い話が終わった。

身じろぎもせずに聞き入っていたお勝が、静かに言った。

「霜枝さまとは何度かお話をしたことがございますが、検疑会のことは今日、初めて知りました。

そんな背景があったのでございますか。霜枝さまがおふたりと遠州屋のことを検討されていたとは驚きました」

「霜枝さんには一種の生きがいになっていたのかもしれません」

春更としては、霜枝がお勝に思いを寄せていたことをほのめかせたつもりである。

というのも、春更も伊織と同様、霜枝がお勝に恋慕の情をいだいていたことに気づいていたのだ。

表情を変えることなく、お勝が言った。

「ひとつ、お聞きしたいことがございますが」

「はい、なんでしょう」

「先日、船宿で、お役人の鈴木順之助さまが、

『伊之吉が孝太郎を毒殺したという噂がある』

と、おっしゃっておいででした。

本当に、そんな噂があったのでございましょうか」

お勝はやや心配そうである。

春更が明るく笑った。

「あれは詭計でしてね」

「え、キケイと申しますと……」

さすがに、お勝も詭計という熟語は知らなかった。

春更が漢字を説明した。

「詭計は他人を騙すはかりごとですから、本来は、よい意味ではありませんがね。しかし、やむをえないときもあります。

じつは、蘭方医の沢村伊織先生が考えた詭計だったのです。伊之吉とお富のふたりを自白に追いこむには、詭計を用いるしかないとお考えでしてね。

先生の考えた詭計を採用して、鈴木さまがひと芝居を打ったわけです。まあ、どちらかと言うと、鈴木さまは芝居っ気のある方ですから」

「そうだったのでございますか」

「ところで、その後、遠州屋はいかがですか」

最後に、春更が質問した。

じつは、もっとも知りたいことでもあった。

「あたしのほうから先に申しあげねばならないことでした。失礼しました。

伊之吉とお富が遠州屋から去ったあと、縁戚から養子を迎えましてね。すでに女房子どもがいたのですが。

亭主が生きていたころ、養子にするならこの男と、夫婦で決めていたのです。

亭主とあたしがともに見込んだ男と申しましょうか。

ところが、その後、いろんなことが立て続けに起きて、のびのびになり、そのあいだに男は嫁をもらい、子どもまでできました。

それは、致し方ないですよね。世の中は、自分の都合のよいようには動いてくれませんから。

このほど、あたしは男に女房子どもがいるのを承知で、養子に迎えたのです。男は遠州屋を継ぐのを承知してくれましてね。

おかげで、あたしはいちどきに倅、娘、孫ができたのです。遠州屋はにぎやかになりました。

あたしは養子の息子夫婦に『おっ母さん』と呼ばれたときはもとよりですが、孫に『婆ぁば』と呼ばれたとき、もう涙が出そうになりましたよ。思わず抱きしめておりました」

お勝が楽しそうに笑った。

春更はこれで、さきほど感じた華やぎの理由がわかった気がした。遠州屋には跡継ぎができたのだ。

晩年になり、お勝はようやく心の平安を得たと言えよう。

「春更さま、あたしにお知らせくださるため、わざわざお越しいただき、まことにありがとうございました。

霜枝さまのお墓には、近いうちにお参りするつもりです」

「そうですか。霜枝さんも喜ぶと思いますぞ」

春更が立ちあがる。

見送りに店先まで出てきたお勝が言った。

「どちらまでお帰りですか」

「須田町です。神田川に架かる筋違橋《すじかいばし》のあたりですね」

「おや、まあ、これから筋違橋まで歩いては大変です。それでは、駕籠を呼びましょう。

誰か、西川屋に行って駕籠を一丁、頼んできておくれ」

「へ～い」

丁稚が駆けだしていく。

あれよあれよという間に進み、春更は断ることもできなかった。

五

岡っ引の辰治が佐助を召し捕った顛末《てんまつ》をおもしろおかしく語り、帰っていったあと、今度は春更がやってきた。

湯島天神門前の沢村伊織の家である。

春更は伊織の前に座ると、

「兄の武吉郎が、先生にくれぐれもよろしく申してくれとのことでした」

と、ややあらたまった口調で述べた。

「いや、こちらこそ、先に言わねばならぬことがあった。

じつは数日前、そなたの実家である佐藤家の若党が拙宅に訪ねてきてな。若党は手紙と酒を持参したのだ。手紙は、そなたの兄上からだったぞ」

「え、兄が先生に手紙を」

「うむ、『愚弟がお世話になっております』と、丁重な文面だった。私も恐縮したぞ」

「はあ、そうでしたか。

それにしても、わたしは『愚弟』ですか。『愚兄賢弟』という熟語もあるので、『賢弟』と書いてほしかったですね」

「そうは、いくまい」

思わず伊織も笑った。

春更が口調をあらためる。

「愚兄、いや兄のことは、そこまでとしましょう。もっと大事なことがありましてね。今日は、そのことをお伝えにきたのですから。

わたしは鎌倉町の油屋を訪ね、霜枝さんを助けた平吉という奉公人に礼を述べてきました。油屋は飛脚屋でしたけどね」

「ほう、それはよいことをしたな。霜枝さんの遺志は実現したことになろう」

「そのとき、霜枝さんが忘れていた角頭巾を託されましてね。子息の柳沢左門さまに届けました」

「ああ、霜枝さんがかぶっていた角頭巾か。目に浮かぶようだな」

「その後、遠州屋を訪ね、お勝どのに面会して、先生やわたしが遠州屋の件にかかわるようになったいきさつを説明してきました」

「では、お勝どののもすべて得心できたであろう。誰かがきちんと説明したほうがよいと思っていたが、やはりそなたが適任だったと思うぞ。ところで、遠州屋はその後、どうなのか」

「はい、そこのところも聞いてまいりました」

春更が、お勝が養子を迎え、遠州屋の主人にしたことを説明する。

聞き終えた伊織がしみじみと言った。

「ということは、故惣兵衛どのとお勝どのが考えていたことが、年月はかかったが、最終的に実現したということだな」

「そうですよね。最後にお勝どのが勝ったと言えるのかもしれません」

春更は感慨深げである。

伊織も、お勝が最後に勝ったという表現には同感だった。

「そうそう、遠州屋から、こんな物が届きましてね。手代がモヘ長屋に届けにきたのです」

春更がふところから封書を取りだした。

伊織はふと疑問を覚える。

「しかし、遠州屋はなぜ、そなたの住まいを知っているのだ」

「先生、矛盾は見逃しませんね。たじたじですよ。

じつは遠州屋からの帰り、お勝どのが気を利かせて、近所の駕籠屋で駕籠を雇ってくれたのです。おかげで、わたしは鎌倉河岸から須田町のモヘ長屋まで駕籠に揺られて帰還したわけですがね。

おそらく、お勝どのは駕籠かきの人足に問いあわせたのでしょうね」

「なるほど、それで疑問は解けた。

で、いったい、なにを贈ってきたのだ」

「料理切手のようです。これを持参すれば、料理が食えるというものでしょうが、わたしも実際に目にするのは初めてなものですから、戸惑っております」

「私も聞いたことはあるが、見たことはないぞ」

伊織はふと思いついた。

妻のお繁は、湯島天神の参道にある立花屋という仕出料理屋の娘である。料理切手について知っているかもしれない。

思いがけないときに力になってくれるのが妻だった。

「おい、お繁、ちょいと来てくれ」

伊織が妻を呼んだ。

そして、現れた妻に封書を見せる。

お繁は中身を見て、すぐに言った。

「あら、『不忍弁天《しのばずべんてん》御境内　会席　御料理　愛蓮亭《あいれんてい》』とあるので、不忍池《しのばずのいけ》のほとりにある愛蓮亭という料理屋の切手ですよ。

この切手を愛蓮亭に持っていけば、会席料理を食べることができます。しかも、四人前ですね」

春更が驚いて言った。

「え、四人前なのですか。

ということは、同心の鈴木順之助さま、岡っ引の辰治親分、先生、そしてわたしなのでしょうか」

「うむ、そういうことだろうな。

先日、船宿に出向いた鈴木さま、親分、そなた、そして私に賞翫《しょうがん》してくれという意味であろう。後家の身では、男四人を料理屋に招待するわけにもいかぬので、料理切手にしたのかもしれぬな。

ところで、料理切手はどういう仕組みなのだ」

伊織が妻に尋ねた。

お繁が説明する。

「立花屋でも料理切手を発行していますよ。品物は好みがわからないし、誰かにお礼をしたいとき、お金は失礼になるし、料理切手を発行してもらうのです。といった場合、料理切手を贈ります。料理屋に人数と予算を伝え、代金を先払いして、その料理切手を相手に贈るわけですね。

代金はすでに前払いしているのですから、受け取った料理切手は使わないと、先方の好意が無駄になりますよ」

「なるほど、では、これはぜひ使いましょう。料理屋で会席料理を食べるなど、滅多にできませんから。

ところで、ご新造さん、下世話《げせわ》な質問になりますが、その料理切手はいくらぐらいだと思いますか」

春更が興味津々で尋ねる。

お繁が微笑んだ。

「見たところ、お酒と会席料理で、ひとり一両の見当ではないでしょうか」

「ひとり一両だと」

伊織は唖然とした。

料理切手に四両を使ったことになる。

だが、お繁にはとくに意外ではなかったようだ。

「料理切手で宴会をするとき、食べきれないくらいたくさんの料理が出るのです。残してはもったいないので、折詰《おりづめ》にしてお土産にするのが普通です。

なかには、家族に食べさせようと、目の前に料理が並んでも手をつけるのは吸物など折詰に向かないものばかりで、あとはほとんど持ち帰る人もいます。

あたしはまだ愛蓮亭の料理は食べたことがないので、折詰が楽しみです。ちゃんと折詰をさげて、帰ってきてくださいよ」

お繁がおどけて夫を睨み、念を押す。

伊織が笑って言った。

「そうか、では帰りの折詰が気になって、愛蓮亭では料理がろくに喉を通らぬかもしれぬな」

笑っていたお繁が、今度は矛先《ほこさき》を春更に向けた。

「春更さんは独り身でしたよね。もしご迷惑なら、折詰はあたしとお熊が引き受けましょうか」

「いえ、折詰はちゃんと持ち帰ります。それで二、三日、食いつなぐつもりですから」

春更があわてて言った。

笑いが巻き起こる。

ともあれ、近いうちに伊織、春更、鈴木、辰治の四人で、愛蓮亭で豪華な会席料理を賞味することになろう。

コスミック・時代文庫

秘剣《ひけん》の名医《めいい》
【十五】
蘭方検死医 沢村伊織

2023年9月25日　初版発行

【著 者】
永井《ながい》義男《よしお》

【発行者】
佐藤広野

【発 行】
株式会社コスミック出版
〒154-0002 東京都世田谷区下馬 6-15-4
代表　TEL.03(5432)7081
営業　TEL.03(5432)7084
　　　FAX.03(5432)7088
編集　TEL.03(5432)7086
　　　FAX.03(5432)7090

【ホームページ】
https://www.cosmicpub.com/

【振替口座】
00110-8-611382

【印刷／製本】
中央精版印刷株式会社

乱丁・落丁本は、小社へ直接お送り下さい。郵送料小社負担にてお取り替え致します。定価はカバーに表示してあります。

ISBN978-4-7747-6499-3 C0193